ぼくのこと、覚えてますか

竹山悟
TAKEYAMA SATORU

幻冬舎MC

ぼくのこと、覚えてますか

はじめに

幼少期は父親の仕事の関係で引っ越しが多かったと、親から聞いています。風景の記憶がある場所もありますし、周りの人たちと笑い合った記憶もあります。顔の記憶は曖昧ではあるとはいえ、色んな人とつながりがあったことだけは確かです。

しかし、幼い頃に遠く離れてしまうようなことがあると、もうつながることはできません。関係が途絶え、思い出だけにかわってしまうのです。

私がその場所を離れて居なくなったのですから仕方がありません。でも、その場所は私にとっては思い出の場所です。私も一緒にいた、「私たちの思い出の場所」であってほしいのです。

定年を迎え、幼い頃の記憶をなつかしみつつ、ここまでどのように生きてきたかを息子たちに伝えたいと考えました。また、同時に、今後自分がどうなりたいとか、どうしたいとかということも再発見できるかもしれないとも思い、まとめてみることにしました。

目次

高校時代

予備校時代

大学時代

大学卒業後

ようやく社会人となる

父の突然の死

幼少期

生まれ

わたしは、1回目に開催された東京オリンピックの少し前に生まれました。山口県の柳井駅近くの病院で生まれたと両親に聞いています。

中学1年の4月、母親の弟の結婚式に出席するために、両親と私は母の故郷福岡県に向かいました。その帰りに柳井駅を特急で通過する際、「あんたが生まれた病院、まだあるわ」と母親から言われ、車窓から母の言う方向を一生懸命見てみました。駅構内の看板にさえぎられて、病院の様子ははっきりつかめませんでしたが、自分に関わりのある建物の入り口がちらっと見えたショットはいまも鮮明に脳裏に焼きついています。

私が生まれたとき、両親の住まいは、今は第3セクターとなった錦町駅近くであったようです。これも父に聞いた話ですが、山の中なのに映画館があったというのです。私は24歳の時、この地域をひと目見たいと思い、レンタカーで日本一周をしていたときに立ち寄りましたが、映画館があるというような雰囲気ではなかったのでちょっと不思議な気持ちになりました。

母が言っていたのですが、山のなかであったのでよくムカデが家の中にいたということです。乳児であった私の枕元に大きなムカデがいて、ほうきであわてて外に掃きだした話を聞いた覚えがあります。

錦町にわたしがいたのはほんの数カ月だということです。その後、父親の仕事の関係で門司や尾道を経て、母親の実家のある福岡県福岡市内に移りました。そこで、幼稚園に入園することになりました。

ちなみに、錦町に祖父母が在住であるという人に10年ほど前に仕事の関係で出会い、いまも交流が続いています。仕事の打ち上げの席で偶然そんな話になって確認が取れたのです。縁とは不思議なものです。

福岡県の風景

福岡県では、母の実家に居候させてもらいました。住んでいた町名が有名な歌手の歌の題名と同じであったので、その曲を聴くたびに幼い頃のことを思い出します。その曲は、この地での記憶を蘇らせてくれる曲となりました。

考えてみたら、私がそこにいたのはもう50数年前の話。その頃は、隣りが養鶏場でした。朝早くに、鶏の声で目を覚ましたというのも貴重な体験です。

また、家の前に畑があったので、祖母が白菜や大根を育てていたのを手伝った記憶があります。畑の隅にびわの木、家屋のすぐ隣りに柿の木もありました。2階の窓から屋根に出て、柿を取る若々しい父親の姿をはっきりと覚えています。

福岡県の幼稚園

幼稚園は、家の前に見える高台を越えたところにあったので、直線距離だと100メートルほどでしたが、その高台が私有地であったので住宅街をぐるりとまわって通っていました。そのおかげで、近隣の家の風景や知っている大人の人がいて、わたしの幼い頃の記憶にいろどりを添えてくれています。

当時は、入り口が幼稚園らしくなく、木のトンネルをくぐって教室まで行きました。敷地の入り口の右手であったと思いますが、大きな風呂場があり、なぜか力士の人が入浴していたのを覚えています。その風呂場をのぞきに来ているわたしたち園児に向かって、力士の方々はおけですくったお湯をまいてかまってくれました。あの力士たちはどういう経緯であそこにいたのでしょうか。

この幼稚園の生活で思い出すのが、「スズメが地獄に連れていかれた事件」です。ある日、登園したら、友だち数人が足元を見ながら何かを取り囲んでいたのです。その場に行ってみると、そこには息絶えたスズメがいました。そこから先、幼稚園の先生が教えてくれたのかどうかは覚えていませんが、私を含め3人で穴を掘り、そこに埋めて、墓標として石を据えました。幼稚園の入り口から一番奥の高台になったところです。

衝撃が走ったのはそれから何日かしてからです。3人でお墓参りに行くと、墓標の石の前にスズメが通るくらいの穴がぽっかりと開いていたのです。その光景に目が釘付けになってしまいました。そして、しばらくすると、3人はお互いに目を合わせた瞬間、誰かが、「スズメが地獄に連れて行かれた」と言い出しました。その発言の主は一緒にいた友だちかも知れませんし、わたしかもしれません。記憶のなかではそれがはっきりしませんし、確かめようもありません。

この頃を思い出すと、ピンキーとキラーズが歌っていた「恋の季節」という曲と「青空に飛び出せ」というドラマのことが必ず浮かんできます。しかし、ネットで調べるとこの曲がヒットした年はもっと後のことで、ドラマはその翌年放映されたようです。なぜだか、記憶違いが起こったようです。

鹿児島県の幼稚園へ

父親の仕事の関係で、福岡県から鹿児島県に引っ越すことになりました。現在は新幹線がとまる駅となったところのすぐ近くにある幼稚園に半年だけ通いました。駅前には大きな看板があり、それはなんて書いてあるのかを親に聞いたら、「ラドン温泉」と書いてあることを教えてくれました。映画に出てくる怪獣の名がまさしく「ラドン」であったので、子ども心にどういうところなのかがすごく気になる場所でした。

ここでは、山からの火山灰が降る光景も見させてもらいました。晴れているのに親があわてて洗濯物を取り込んだりしているのを見たこともあります。車の上に灰が積もるのを見て、不思議に思ったものです。

この地には半年ほどしか住んでいなかったのですが、フェリーに乗ったこと、大きな溶岩が点在する道路を車で移動したこと、それに、つぼ漬けの起源といわれる漬物、おやつに食べていたさとうきびやボンタンアメ、それからしょう油味の小さな焼き団子のことをよく覚えています。また、母親が入浴時にかかとをする軽石を道端から拾ってきたような覚えもあります。いくらなんでも、これは記憶違いでしょうか。

引っ越す直前だったと思いますが、幼稚園に一緒に通っていた近所の年上の子が家屋を取り壊した更地に残った土管に体がすっぽりはまり、消防署の人が駆けつけてきて救助をされたことを覚えています。テレビのニュースに、さっきまで自分もいた近所の原っぱでの救出場面の、おそらく白黒であったろう写真が出ていたことには驚きました。

また、妄想ではないと思うのですが、クリスマスイブにサンタクロースがケーキを届けてくれ、母親が受け取る姿を見ました。55年ほど前なのにそんなサービスがあったのでしょうか。それとも、あれは本物だったのでしょうか。

小学校時代

兵庫県の幼稚園、小学校へ

小学校入学を半年ほどで迎える時期のことだと思いますが、加古川市に引っ越しました。一人っ子であり、環境が変わることへの緊張感は一人で背負っていたので、この頃はダイヤブロックでいろんな物を作ることに集中することで気持ちのバランスを取っていたように思います。この幼稚園に通ったのは短期間であったためか、あまり記憶に残っていません。竹組であったこと、のぼり棒をよくしたことは覚えています。

入学した小学校は、幼稚園と道を挟んで真向かいにありました。松で有名な神社の近くにありました。明治からある学校のようで、私が通っていた頃にはまだ体育館はなく、それに代わるものは木造の講堂でした。窓の木枠にガラスがはめ込まれていたその講堂で、雨の日はボール運動をしていました。体育の時間にボールをドリブルする際は、壁に近づきすぎると窓枠からガラスが落ちるので、そのことを先生は生徒にいつも注意していました。

校舎は木造と鉄筋の両方ありました。職員室がある校舎は木造で、ワックスがけをした後は特有の匂いが立ち込めていました。運動場は広く、小学校3年の頃、その隅にプールの建設が始まりました。4年の7月からプールが使えるというタイミングでしたが、わたしはその年の4月に転校してしまったので、結局、その小学校ではプールに一度も入ることはできませんでした。

そう言えば、入学前に、就学予定の児童が集められて、親と一緒にその小学校に行ったことを覚えています。長い廊下に長机がいくつか置かれ、机の向こうに試験官がいて手前側に入学前の子が一人ずつ座り、知能検査のようなものが行われました。4つか5つくらいの文房具や縫いぐるみが机の上に置かれており、後ろを向くように言われ、振り返ったときに何がなくなったかを答えたような気がします。認知症の評価スケールと共通している面もあることが興味深いです。

また、この学校の校舎の中庭（古い木造校舎数棟と建て増しした鉄筋の校舎の間）に、山から町にどのように水が流れてくるかを示すコンクリート造りの模型がありました。その模型の末端に水がたまる結構広いスペースがあり、そこで生まれて初めて「ヤゴ（トンボの幼虫）」を捕まえる経験をし、目の前の現実を図鑑と照らし合わせるという、学習の第一歩を踏み出すこともできました。

学習というと、当時「科学と学習」（学研教育出版・現在は休刊）という学研の雑誌を校内で希望者に販売していました。特集にあわせた模型もセットになっており、毎月楽しみにしていました。今の時代にはないかもしれませんが、中和の特集のときに、塩酸と水酸化ナトリウムの白い粉が実験セットのなかに入っていたように思います。そんなことが実際にあるのかと思いますが、これは記憶違いなのでしょうか。これは確かめることがむずかしい思い出のうちのひとつです。

この小学校には4年生の4月のはじめまで通いましたが、一番鮮明に覚えているのが運動会での学年対抗の「帽子取り」です。赤組と白組に分かれ、学年ごとに勝敗を決めました。5年生と6年生は騎馬戦でした。わたしは3年生の運動会参加が最後でしたので、不思議な思い入れですが、紅白帽子取りで騎馬戦を戦ったことがないことがいまだに残念でなりません。私にとってかなり上位にランクされる心残りです。

また、おそらく1年生のときの運動会の前日のことです。何をしたのか忘れましたが、職員室の前に一人で立たされました。泣きながら立っていたら、高学年の女の子が「どうしたん？」「立たされてしもたん？」と笑顔で話しかけてくれました。目の前を多くの先生や生徒がただ通り過ぎる中、寂しさもひとしおであったので、ほっとして、非常にうれしかったです。お礼を言いたいけれど、さびしい話ですが、話しかけてくれた当人さんもそんなエピソードは覚えていないことでしょうね。

ここでの夏休みはいまだに忘れられない頭の中の映像がたくさんあります。住まいの近くに、神社があり、夏休みは40日間、そこで毎朝ラジオ体操がありました。今考えると、子供会の役員の父兄が協力して40日をつないでくれていたことに大変感謝します。自分の子どものラジオ体操は、40日のうちの3日間だけであることと比べるとどれだけ恵まれていたかを実感します。参加するたびに参加カードに判子を押してもらい、帰り道に通りの家の植え込みに実っていたむかごを許可もなく摘み、家に持って帰った覚えがあります。ラジオ体操を終えて家に帰ってもまだ朝の7時過ぎですから、前の晩から朝顔のつぼみにガムのパッケージを被せておいたものを取り外し、ゆっくりと花が開くのを見たりして過ごしていました。夏の日差しと匂いと光景を最大限に味わう毎日でした。

神社では、神楽を見たり、夏祭りのにぎわいを経験したり、平日友だちと境内で鬼ごっこをすることもありました。「ぼんさんが屁をこいた」（一般的には「だるまさんが転んだ」）をして遊んだりもしましたので、ここは友だちとのいつものたまり場でもあり、地域の行事を通して大人の人との接点ともなる特別な場所でした。

そういうことを頭の中に浮かべていると、神社近くの松林のなかにあった市民プールのことも思い出します。誰と行ったのかも覚えていません。ただ、小学校低学年のわたしに小遣いをくれて、プールの帰りに友だちとカップ麺を食べさせてくれたことを親に感謝したいです（同製品の発売時期を調べると、発売直後でもあり、プールを営業しているかどうかも微妙な時期なので、もしかしたら記憶の混同が起こっているかもしれません）。

このプールのあった松林は、もともと海に面した広範囲な松林の一部でした。松林のなかには、旧陸軍の兵舎跡などが残っていましたし、今ではあり得ないことですが、松林の中の舗装道路上に壊れたダンプカーが放置されていました。私たちはそのダンプの運転席や荷台に上って遊んでいました。野球場もあり、そのまわりの草むらにはボールがいっぱい落ちていたので宝物探しの場でもありました。また、雨が降ると、その草むらのところどころに水が溜まり、蛙が卵を産み、ヤゴが生息し、アメンボもおり、蛙を狙って青大将も寄ってくるという、こどもにとって興味をひかれるし、スリリングでもある、何回行っても飽きない遊びと勉強の場所でした。ダンボールなどを拾い集めて秘密基地もつくりました。

また、海が比較的近かったので、父親の魚釣りにもよくついていきました。砂浜では針のついた糸とゴカイでハゼ釣りもしました。岩場にはやどかりもいて、家で飼ったこともあります。

これは、陸地での話ですが、クラスメートには農家の子も多く、仕事で蚕を飼っている家もありました。その蚕をわけてもらい、蚕が繭を作るのを飽きずにずっと見ているようなこともありました。

4年生の4月、父親の仕事の都合で急に転校が決まりました。楽しかった学校生活と仲の良かった友だちに別れを告げるため、登校最後の日を迎えました。その最後の日、クラス替えを終えたばかりのクラスメートの前で転校する挨拶をしたことを、今も鮮明に覚えています。その4年のクラスで級友であったかどうかは覚えていませんが、在学した3年間で非常に仲良くなった友達に、その子の家がプラモデル屋であったからか餞別《せんべつ》にプラモデルをもらい、それを大切に保管していました。理由はわかりませんが、「大きくなったら、東大で会おうな」と言葉を掛け合ったときのその言葉と彼の笑顔が今も心の中に鮮明に焼き付いています。私は実際に東大受験をしましたが、あえなく不合格。そういうことはさほど気にせずに、大学在学中に彼に会おうと思い立ち、実家に帰省したときに懐かしいこの町に行ってみました。ところが、彼の実家であったプラモデル屋は空き家になっており、近所の人に自分が尋ねてきた理由を告げると、彼の親戚のやっている理容院を教えてもらい行ってみました。そこで告げられたのは、「あの子は、中学に上がる前に亡くなった」という事実でした。

その事実に打ちひしがれながらも、彼の遺影に手を合わせたいと思い、記憶をたどり親戚の方に聞いた道をたどろうとしたのですが結局彼のご両親のお宅がわからず、そのまま実家に戻ったのです。

それまで、私は何も知らないまま、何も考えずに、ただ楽しく過ごしていたのでした。

それがいまだに心残りで、もし可能であれば、ご両親か、いくつか年上のお兄さんにお墓を教えてもらい、会いに行きたいと思っています。でも、大人になってから、ゆっくり話をしたかったなあ。

大阪府吹田市の小学校へ

始業式が終わってからの、予期せぬタイミングで転校することが決まりました。転校という大きな変化まで時間がたっぷりあって身構えるよりも突然やってきてくれた分、気持ちの上での負担は少なかったと思います。移った先は、当時まだニュータウンという名称にふさわしい雰囲気のなかにありました。

転校した初日、隣りの席のCさんという女の子が自然に接してくれて助かりました。安心しました。しかし、しばらくたたないとわからなかったことですが、クラスのなかで浮いていた男子が、私に対して「俺の言うことを聞け」みたいな態度をとってくるので非常にわずらわしく思いました。そのアプローチが執拗だったので、「何でお前の言うことをきかなあかんのや」と向き合ったらすぐに何も言わなくなりました。転校生という、まだ人間関係のできていない、立場の弱い人間を手下にしようとするような人物への対処の仕方を練習させてもらった、貴重な体験です。おそらく彼は、それまで頭が良かったり、運動ができたりするクラスの人気者の影に隠れてしまう存在であったのでしょう。その鬱憤《うっぷん》を、転校生を利用して晴らそうとしたのだろうと勝手に想像しています。

その子に対してこのような切り返しができたのも、母親のおかげかもしれないと今になって思います。幼稚園に上がる前、年上の子によく泣かされて帰って来ていたようです。母はそんな私に、「いつも泣かされてばっかりいて悔しいんだったら、噛みついてでも勝ってこい」と言ったらしく、しばらくして本当にかみついて年上の子を泣かしたことを母親から聞いたことがあります。その場面の記憶は、わたしにはありません。

この頃にはやっていた歌は、「ハチのムサシは死んだのさ」です。この歌を聞くと、転校した初日の光景が鮮やかに蘇ります。

また、こちらの学校に来て一番つらかったのは、プールの授業です。転校してくる前の学校にはまだプールがなく、泳ぎ方というものを教えてもらうチャンスがないまま小学校4年生となり、しかも移った先はがんがん生徒を泳がせる学校であったのですからたまりません。泳ぎ方を教えてもらったのだとは思うのですが、一人だけ違うメニューで過ごしていることはかなり屈辱的でした。特に、水泳大会で、泳げない人だけが最後に泳ぐプログラムはつらいものでした。恥ずかしいやら怖いやら、色付きで鮮明に覚えている当時のいくつかの場面のうちの一つはこの時のものです。

この時期での思い出として、4年の時にクラスメートのお母さんが亡くなり、なぜかそのとき先生も不在で自習となり、先生に言われた時間に手を合わせて祈ったことを覚えています。真剣な顔をして手を合わせることが照れくさかった数人の男子は騒いでいました。このときわたしは真剣に同い年の友達O君の顔を思い浮かべ、その心をいたわる気持ちで合掌したことを思い出します。

私が通ったこの小学校は、クラス替えは2年ごとにやっていたようなので（5、6年だけだった?）、5年生になったときのクラスメートとは、2年間一緒に過ごすことになりました。このときの担任は非常に厳しい先生でした。怒るときはほっぺたをビンタする先生だったので、かなり緊張して毎日を過ごしていました。

そのなかで生活したことが、職場で緊張を耐えることを少し楽にしてくれたと思います。今の世なら、パワハラ教師というレッテルを貼られることは間違いありませんが、不条理な緊張感ではなく、ある程度理屈の通ったなかでの厳しさはストレス耐性を育むために必要な面もあったと思います。ただ、耐性を身につけるか、それとも打ちのめされてしまうかの境目は生徒一人ひとり違うので、集団で耐性を身につけることを考えたら今の時代にはやはりビンタはふさわしくないとは思います。

5年生ともなると、女の子に興味が出てきたり、中学受験をめざしたりと、自我の目覚めを迎えます。ご多分にもれず、なぜ勉強するのかなどを考えることもなく、周りに刺激を受けて塾に通いだします。また、自分の興味のあることも見つけ出し、コインや切手の収集なども始めました。特に、コイン収集にいたっては、「昭和32年」「昭和33年」「昭和34年」発行の十円玉欲しさに、お小遣いをためては最寄り駅前にあった銀行に行って両替をしていました。そういうところから社会との接点ができ始めました。おりしも1973年は第一次オイルショックであり、トイレットペーパーがないとか、砂糖がないといっては、母親と一緒にスーパーに買い出しに行ったことを覚えています。

今になって当時起こっていたことを調べてみると、私が直面したオイルショック時のトイレットペーパーの品薄という誤解は、住んでいたところに程近い駅前のスーパーのチラシが発端だというのです。歴史の大きな変わり目に、事の起こりを目の当たりにしていたのにそれとわからなかったのは惜しいと思います。冷静に考えると、情報をオンタイムにキャッチする術をもたなかったこと、時勢の流れを理解できる知力がまだなかったのですから仕方のないことです。しかし、約半世紀後に、当時がそういう状態であったこと、それを理解できなかった理由を突き止められることは、多少たりとも知的な好奇心をもつ自分に満足感を与えてくれています。衝撃的なことがすぐ身近で起こっていたからこそ、後で余計関心をもって振り返ることができました。ラッキーだと思っています。

当時のことを思い浮かべていると、家の最寄り駅とその周辺にたくさんの思い出が詰まっていることがあらためてわかります。真っ先に思い出すのが、焼き鳥のお店です。お店と言っても、移動販売のお店です。駅からは少し離れていたのですが、公営住宅脇の電話ボックス横に移動焼き鳥の車がいつも停まっていました。焼き鳥の営業はおそらく夕方以降ですから、私がそこに立ち寄ることができたのは、多少のお小遣いをもっていた年齢で、しかも夕方以降学校を帰った後に駅まで行っていたという条件がそろわないと成り立ちません。おそらく、小学校5年か6年に駅ビル内にあった塾に通い始めた以降のことだと思います。

店に立ち寄ると、店主は気さくに対応してくれて、小学生の私たちと気軽に話しをしてくれました。楽しかったのと同時に、その焼き鳥が非常においしかったことをはっきり覚えています。焼き鳥の味という点では、当時食べた「皮」の味は今食べているものと別物のように感じます。当時焼き鳥の部位として「ぼんじり」が販売されていたかどうかは知りませんが、当時の皮はぼんじりのようにジューシーで、しかもクリーミーだったのです。

また、この店でのエピソードはいくつかあります。①店主は外国語大学を卒業したと言っていただけあって、外国人のお客さんと聞いたことのない言葉で話をしていた、②チキンボールを注文するとじゃんけんをしてくれ、勝ったらチキンボールを1つおまけしてくれた、③砂肝（この近辺では砂ずり）の塩を注文して七味をいっぱいかけて欲しいとオーダーすると、焼いている最中の串を七味の入った袋に突っ込んで、七味だらけの焼き鳥を出してくれた、④思ったことを書いていいノートがあって私もそのノートに書き込んだ思い出がある、などです。

それから何年経ってからのことでしょうか。その移動販売の店が、駅前に店を構えたのです。母から「焼き鳥のEちゃん、テレビに出てたよ」と聞いて初めてそのことを知ったのです。まだこのお店には行けていません。早いうちに行って、見ておきたい場所のひとつです。

また、駅近くには、当時は比較的大きかったスーパーマーケットが2つあり、一方のスーパーの前で演歌歌手が歌っていたり、炭酸飲料の試飲会があったり、私たちが楽しめるイベントがけっこうありました。ちょうど、プロ野球スナックがはやりだした頃だったので、カード目当てにスナックを買い、スーパー前にスナックを捨てるというようなことも起こり、新聞ネタにもなりました。私はカードにさして興味がなかったので、カードだけを目的としていた友達からスナックをもらいその恩恵を大きく受けたのでした。

それから、地域柄というべきでしょうか、何人かの芸人さん方が近隣に住んでおり、駅前スーパーでも見かけました。人気漫才師さんの奥さんがスーパー入り口で手ごろな値段で売っているアンパンを絶賛して購入している姿も記憶の中に鮮明に焼き付いています。

この駅は、日本で初めて自動改札機が導入されたとも聞いています。

この学校では、4年から6年までを過ごしました。卒業式で、在校生と卒業生がそれぞれ作った歌の掛け合いを行いました。「わたしたち　多くの思い出心に残し卒業よ　楽しかったこと、うれしかったこと　古小の思い出はいつまでも心のなかに～」と歌ったときの体育館内の雰囲気と光景は忘れていません。そしてそのメロディーは、今も心のなかに鮮明に生きています。

中学校時代

環境の大きな変化

小学校の卒業式のことはよく覚えているのですが、中学の入学式のことは記憶に残っていません。中学1年の学校でのことを思い出そうとすると、休み時間になるとどこのクラスも皆廊下に出てきてワイワイガヤガヤ話をしていたことが思い浮かんできます。

また、中学に入ると、勉強が小学校の時よりむずかしくなり、入学当初はそれに戸惑いました。しかし、幸運にも、周りに気の合う人間が大勢いてくれて面白おかしく過ごしました。

中学に入学して初めての正月明け、余った年賀状30枚を使って、日曜日の午後に放送されていたテレビ番組の収録の見学希望を出しました。見学希望のはがきは、授業間の休み時間にクラスの友達に手伝ってもらって書き上げました。運よく抽選に当たり、「どうしても、僕も見に行きたい」と言ってくれたS君と一緒に行きました。収録の場所は、学校にほど近いターミナル駅のそばの複合施設でした。その番組の「パクパクコンテスト」に、私たちの通う中学校から約1キロの距離しか離れていない中学校の生徒が出場していました。彼はのちに有名芸能事務所に所属し、たいへんな人気者になりました。そんなところに初めて出入りするようになり、それまでの子供の世界とは違う扉を開けたようなドキドキ感がありました。

中学に入ると、小学生の頃とは少し違って、異性のことを気にする度合いが強くなり、知的な好奇心も向上し、感性も豊かになっていくことを感じました。初めて人のことを好きになって眠れなくなったり、ラジオの深夜放送を聞いて大人のトークを楽しんだり、その際に聞く音楽に触れて自分の世界が広がっていくことを実感しました。当時、短波放送がはやっていて、それをきっかけにラジオを自作したりするような友達もいました。この影響が後の彼らの職業選択に影響を与えたところもあるのではないかと思います。

ＦＭ放送との出会い

小学生の時と中学に入ってからでは、やることがガラリと変わります。

ラジオの聞き始めはＡＭ放送でした。そして音楽を聞くようになったら、ＦＭ放送も聞くようになりました。当時、「ＦＭ　ｆａｎ」（共同通信社　２００１年休刊）、「ＦＭレコパル」（小学館　１９９５年休刊）というＦＭ放送の番組ガイドが書店で売っていました。どの放送局でどんな曲がかかるのかがわかり、好きなアーティスト特集のときにはラジオの前で待ち構えて、カセットレコーダーで録音していました。エアチェックという行為です。いまの若い人たちは聞いたこともない言葉かもしれません。そういうことをしているときに、たまたま聞いた音楽に影響を受けるようなこともありました。わたしの場合、そういうタイミングでボブ・ディランの「コーヒーもう一杯」「モザンビーク」という曲に出会いました。ボブ・ディランの名前は聞いたことがあったのですが、曲を聞くのは初めてだったので試しに録音してみようと思ったのです。そして、言葉の意味はわからないのになぜだか衝撃を受けたのでした。曲を聞いている間に視界に入っていた、当時住んでいた家の部屋の様子が記憶に残っているのは、感性のボルテージが最高潮であったことを示していると思います。

わたしはこの時期、それまで聞いたことのなかった洋楽に触れて心を打ち震わせていました。「ＦＭ　ｆａｎ」、「ＦＭレコパル」を小遣いで購入し、狙った曲がかかる時間にラジカセにテープを入れて待ち構え、パーソナリティが曲の紹介を終えると同時に録音ボタンを押すようなことを繰り返していました。いまだにそのテープは手元にあり、時々懐かしく聞いています。私の大事な宝ものです。

毎週土曜日の午後1時から「コーセー歌謡ベストテン」（FM東京）、午後2時からは「ダイヤトーン ポップスベスト10」は、今も同世代と話をするときに盛り上がる話題の一つです。

ちょうど1975年に中学1年になり、まだビートルズが解散して間もなかったため、わたしも遅ればせながらビートルズサウンドに接することになりました。エアチェックのおかげでアルバムはあまり持っていません。しかし、「オールディーズ」と「サージェント・ペパーズ・ロンリー・ハーツ・クラブ・バンド」のアルバムは小遣いをためて買いました。ただ、ホワイトアルバムと呼ばれた「ザ・ビートルズ」、「ザ・ビートルズ 1962〜1966」（通称：赤盤）、「ザ・ビートルズ 1962〜1970」（通称：青盤）はどうしても欲しかったのですが、手が出ませんでした。

アルバムは持っていなかったけれども、かなり多くの曲を聞きました。ドラマの映像とセットになって記憶している曲も多く、当時から40年経った今もテレビでビートルズの曲が使われているのを聞いて、その偉大さをあらためて感じます。

「Let It Be」「Hey Jude」「Help!」「Get Back」「Got To Get You Into My Life」「Yellow Submarine」「The Long And Winding Road」「Across The Universe」「I Feel Fine」「Day Tripper」「Ticket To Ride」「Come Together」

浮かんでくる曲名を思いつくまま書き並べてみてもこれだけ出てきます。こんなに曲名を英語で書きだせるアーティストはほかにはいません。とっても大きな影響を受けていることを、いまさらながら感じます。

ビートルズ以外にもいろいろな曲を聞きました。中学1年のときに流行ったのが、タータンチェックのベイ・シティ・ローラーズ。「Bye Bye Baby」は爆発的に売れました。「If you 〜〜〜〜〜〜」のフレーズで始まるのですが、当時まだ英語を習いたてであったので、「イフ ユー へイ ミー フー フー フー」くらいしか聞き取れませんでしたが、この曲のインパクトは大きかったです。自分にとって海外というものを意識する糸口でしたし、大人の女性も狂乱していたので、わたしにとっても大人の世界を垣間見るきっかけともなったのです。このグループは一発屋ではなく結構息の長いグループになり、翌年にも「Saturday Night」の大ヒットを飛ばし、私たちの世代に大きな思い出を作ってくれました。

面白いことに、ちょうど1週間の曜日の英単語を覚える時期と重なっていました。「エス《S》、エー《A》、ティ《T》、ユー《U》、アール《R》、ディ《D》、エイ《A》、ワイ《Y》」というフレーズがキーでした。先生もよせばいいのに、中間試験のときに土曜日のスペルを問う問題を出したのです。案の定、試験中に誰かが「エス、エー、ティ、ユー、アール」と小声でつぶやき、試験官の先生に注意されました。そのやり取りを聞いていた生徒は皆、笑顔で試験を受けていました。試験中にあんなに楽しい気持ちを味わったのは、あの時が最初でおそらく最後となるでしょう。他のクラスの友達に聞いたら、他のクラスでも同じことをやっていたようです。試験問題を作った先生もそんなことになることは想定していたので、各教室の試験官の先生に前もって注意を促していたことを後で聞きました。生徒が試験中にざわつくことはわかっていたはずです。先生もかなり思案されたと思います。でも最終的に、わざわざ決行して、一緒になって楽しんでくださった（?）N先生に感謝です。

それ以外に、1年生のときに、サイモン&ガーファンクルが再結成し、「My Little

「Town」をヒットさせました。私も深夜放送で聞き、いまでもカラオケで歌う思い出の曲となりました。そして、スージー・クアトロ、スウィートなど、個性派のロックがまだ生き残っており、素敵な音を聞かせてもらえる幸運にも恵まれました。

このような流れで洋楽にも触れ、音楽に刺激を受けたときでした。なかでも、しみじみ聞いたのはカーペンターズです。生まれて初めて購入したレコードはEP版のシングルレコードでした。カーペンターズの「Only Yesterday」。いまでも大切にしています。この曲も、言葉の意味はわからずに聞いていましたが、当時この曲を聞くと、なにか大切なものを失った人が、時間が経ってからそのことを回想しているのだと勝手に解釈していました。日本国内でもかなり売れたので、歌詞をカタカナにして、同級生と一緒に歌ったことを覚えています。一緒に歌ったM君、そのこと覚えているかなぁ。

また、「Only Yesterday」を聞くと思い出すことがあります。それは、学校のプールの授業のことです。通っていた中学にはプールがなく、夏休みの前にもあったのかははっきりしないのですが、学年ごとでしたか、夏休み明けに市民プールに何日か通って水泳の授業を受けました。

入学した小学校にプールがなく、小学校4年生のときに転校した学校では水泳が盛んであったことにより、水泳に関しては非常に劣等感を持っていました。そのため、夏休み後半になると、休み明けの水泳の授業のことを思うと気持ちが沈んでしまうのでした。あまりにもプールのことが気にかかるので、夏休みの終わりごろになぜだか市営の大きな公園の市民プールまで行って様子を確認しに行ったことがあります。そのときの、暑い日差しのなかを切ない気持ちで自転車をこいでいた時のことを今もはっきり覚えています。

それから、忘れられないのは、世界歌謡祭（ヤマハ音楽振興会主催）に出場した中島みゆきさんとの出会いです。中学1年になり、定期試験というものに少し慣れてきた、1975年の11月のことです。後で調べたら、16日のことです。中間試験の最中であった私は、その日、おそらく昼頃に帰宅したと思います。母親は外出中でしたので、鍵を開けて自宅に入り、私服に着替えもせずに制服のまま、だらだらとテレビを見ていました。そして、チャンネルをしょっちゅう変えながら時間を過ごしていたときに、たまたま世界歌謡祭を見ることになりました。洋楽に興味を持ち始めていた時でしたので、世界各国から参加していた歌手の歌を興味深く聞きました。日本からの参加者もいました。それが、中島みゆきさんでした。その人が誰かも知らず、まったくの先入観なしで「時代」という曲を聞きました。その歌詞に触れ、「別れた恋人たちがどうしたんだろう」と急に感性のアンテナが立ったことを自覚しました。思春期に入ったばかりの私は、「大人になったら、きっと、こんなことを叫びたい気持ちになるんだろうな」と、うっすらと先の自分を予見するようなことを感じたことを思い出します。

ＡＭ深夜放送との出会い

洋楽を聞き出し、ＦＭ放送という音質の良い放送があることを知りました。同時にＡＭにも洋楽のヒット曲のランキングにそって曲を流す番組があることを友達から教えてもらいました。「ＡＢＣヤングリクエスト」という番組です。

夜の11時過ぎからの放送ではなかったでしょうか。次の日に学校があると夜更かしをするときついので、土曜日に聞いていたのではないかと思います。この番組でいろんな曲を聞き、気に入った曲の情報を得て、ＦＭ放送でエアチェックをするという曲収集の図式が出来上がりました。ただ残念なのは、アーティスト名と曲名を記録していないばかりに、また聞きたいと思っても聞けない曲が何曲かあったことです。

そんな状態であったので、高校入学後に寮から帰省した際に、レコード店を何件か探して回ったこともあります。店先で店員さんにメロディーを口ずさんで聞いてもらったりしたけれどもみつかりませんでした。結局、その曲とは約40年後にYouTubeのおかげで巡り合うことができました。ありがたいことです。

そんな時間の過ごし方の中で、多感な中学生は性的にも目覚め出し、少しいかがわしい内容のラジオ番組を好んで聞くようにもなりました。その代表的な番組が「笑福亭鶴光のオールナイトニッポン」です。私が聞いていた日曜日のオールナイトニッポンは、午前1時から5時までの放送ですが、私が住んでいた地域では午前3時までしか放送されていませんでした。毎週欠かさず聞き、特に、午前2時の「ミッドナイトストーリー」のコーナーは録音して、友達に回していたほど生活に欠かせない放送でした。

中学生時代にこれだけ楽しませてもらった放送です。パーソナリティを務めた鶴光さんにはお礼を言いたいと成人してから思うようになりました。それが驚くかな、その思いが実際にかなうことになったのです。後に勤めることになる病院の同僚の夫で地域の観光大使も務める真打の落語家さんが主宰する演芸会で会うことができたのです。その演芸会にゲストとして招待されていた鶴光さんに、楽屋で会わせていただきました。「中学生のときに、オールナイトニッポンを放送していただいたおかげで、友達と一緒に楽しい時間をたくさん過ごすことができました。ありがとうございました」と伝え、お礼を渡すことができました。できればかなえたいけれどもおそらく無理であろうと思っていたことが、苦労することもなく、なんとも自然な感じでかないました。非常にうれしかったです。オフィスMのMさん、どうもありがとう。

中学での恋愛

好きな子もできました。きっかけは、中学1年の夏休み前であったと思います。授業として、図書室の使い方を先生に教えてもらっている時のことでした。同じクラスの女の子がわたしにそっと紙切れを渡したのです。どういうことかさっぱりわからず、その紙片に書いてあったことを読むと、「好きです。つき合ってください」って書いてありました。13歳の7月のことです。その年齢ではやはり女性のほうが成長しているらしく、私はなんのこっちゃさっぱりわからなかったのです。後から考えると、この一枚のメモが私の大人への扉を開けたということになります。つき合うといっても、どういう風にするのかもわかりません。夏休みに一度、朝の6時くらいに近くの駅で待ち合わせて会ったくらいで、その後はその子はほかの男の子に気移りしていきました。

そのたった一度のデートの前の日は寝ることができず、ちょうど土曜日ということもあり、中学入学後に聞き出したラジオの深夜放送を一晩中聞いて、一睡もしないまま待ち合わせの場所まで自転車で向かいました。その時に夜中に流れていたのは、岩崎宏美さんの「ロマンス」でした。「あなたお願いよ。席を立たないで。息がかかるほど、そばに居てほしい。あなたが好きなんです」という歌詞が思春期の私の心に強烈に焼きつきました。

続く歌詞も、このころのわたしの心に突き刺さっています。「生まれてはじめて愛されて、私はきれいになっていく、甘い甘いロマンスなの、しあわせな私～」なんとリアルな感性で作られた歌詞なのでしょう。子どもであった私の心にもかなり響くものでした。いまさらながら、驚いてしまいます。作詞家阿久悠さんが天才と言われる由縁なのでしょう。

連合体育大会

両親が若い頃は、それぞれ結構運動をしていたようです。父親は大学時代にテニスの全国大会で優勝するレベルであったようで、母親もソフトボールと陸上をやっていたようです。そういう親から運動能力をもらったおかげか、一つの競技を突き詰めることはなかったものの、短距離走だけはいいタイムを出していました。中学3年秋の体育大会の学年別リレーで、3年生の部でクラス代表のアンカーとして出場することになりました。いつも一緒に通学していた友人と競い、ゴール手前ぎりぎりで先着して学年で優勝したのはいい思い出です。その大会の整理運動をしているときに見上げた真っ青な空は目をつぶるといまもはっきりとよみがえります。生まれて初めて「今日のことは一生忘れないかも」と思った、45年前に15歳だった少年の大切な思い出です。

おそらく同じ年です。各中学から代表選手を選出して行う、市内中学対抗の連合体育大会に出場するように体育の先生に言われました。大会の1週間か10日前から、代表になった生徒は放課後に練習をするように言われて、私もトラックを走りました。

そして本番です。万博記念公園の陸上競技場で走ったのですが、いざ競技が始まるという時に、スターターなるものを係の人に渡されました。陸上短距離競技で、スタートの時に足元にセットする器具です。その場にいた人は、陸上部員とは限らないまでもそれなりに競技の場数を踏んでいたからやり方を知っていたのでしょうが、わたしは遠目に見たことはあっても初めて触わったのですから大変です。そんなに複雑な構造ではないからある程度のことはわかりましたが、「よーい、どん!」とスタートしたときに不利になるのもいやだし、周りに何か迷惑をかけることも嫌だったので、恥ずかしながら隣りのレーンで準備している人に教えてもらいました。その人はめんどくさがらずに丁寧に教えてくれました。後で同じ中学の友人から聞いた話ですが、その人は中学3年生100ｍの日本100傑に入っていた人のようでした。レースの結果、全くの素人の私が12秒6で先着することになりました。緊張感なくそんな場に来ている不思議な奴に、ペースを乱されてしまったんだろうと思います。15歳ながら、当時の私は少々申し訳ない気持ちになりました。

中学での学校生活

中学生活に慣れてくると、毎日が本当に楽しかったです。好きなことに関心を寄せ、友達と話し、一緒に運動し、そして遊びに行き、本当に自由でした。あまりにも自分の思いに沿って生きていた分、人のことを気にしない行動を取っていたこともあったと思います。同じクラスの人たちには迷惑であったのかもしれないと、後になって思い返すことにもなりました。

特に中学2年の時の友だちとは一緒にいる時間が長かったです。私を含めて6人が、夏の日曜日の朝の6時から集まり、野球をしたり、鬼ごっこをしていました。その日は、夕方6時に家に戻ったのですが、テレビの前に座ったまま、身体が動かないほど疲れ果てていました。風呂に入ってさっぱりしたいのに動けない、おなかはへっているのに食卓につけないというようなことを経験しました。全身全霊をかけて遊びきった、中学2年のある日の思い出です。

また、部活には入らずに、放課後もその気の合う友達数名と走り回っていました。試験前であっても、全校の部活の練習が無くがらんとした運動場を私たちのグループだけがサッカーをしたり、だれが持ってきたのかラグビーボールを蹴りあったりして遊んでいました。それを高台にあった校舎の職員室から先生が見ていて、校内放送で注意をしてくれたことがあります。

「2年×組～～、×組～～、×組～～、×組～～、×組～～、はよ家に帰って試験勉強せぇ～よ～」

遊んでいる私たちに向かって放送で呼びかけてくれたのです。

存在を知ってくれていて、しかもかまってくれているありがたさ、うれしさを感じつつ、「ばれてるやん」といいながらみんなで「そうやろなぁ～」といいながら帰途についたことは、この上なく楽しい思い出です。先生たちのおおらかさ、やさしさに感謝しかないです。そんな関わり方をしてくれて楽しい思い出をくださって本当にありがたいです。

職員室から運動場は見下ろす位置にありましたが、一人一人の顔まで見えていたのでしょうか。双眼鏡でも使ったのでしょうか。放送をかけてくれたのは男性の声でしたが、その声の主はどなただったのでしょうか。温かい視線で見守っていただいたことに対してお礼を申し上げたいです。

　そんな毎日の中で、自分にとってメモリアルな2つの瞬間が蘇ります。それは2つともサッカーのゴールシーンです。1つは、放課後にいつものメンバーと運動場で遊んでいたとき、友達がコーナーからボールを蹴ったときのことです。わたしはゴール前でゴールを狙っていましたが、キッカーの蹴ったボールが私の足元にすーっと落ちてきたので、利き足ではない左足ではあったのですがそのボールをめがけて足をふり抜いたところ、ボールがすごい勢いでゴールに吸い込まれました。自分でやったことなのですが、そんなことができるとは思っていないところに、遊びとはいえ周りの友人たちも「いまのは、すごいわ」と称賛してくれたのです。練習を重ねた人たちはあのようなゴールを高い確率で決められるのだろうと思うのと同時に、多くの聴衆の前でその技を披露できたら、すさまじい達成感を味わえるのだろうと想像することができました。

　もう1つのシーンは、学年ごとの体育大会での試合でのことです。3年生同士での試合で同点のまま試合時間が終了し、最後PKで勝敗を決めることになった時のことです。よく考えたら、サッカー部でもないし、体育の時間でもそんなに長い時間試合をすることもありませんでした。15分か20分ハーフの試合をして勝敗を決めるということをその体育大会で初めて経験したのでした。キッカーをチームで決め、いよいよＰＫ本番です。私もキッカーの一人に入れてもらったのですが、遊びではなく、きちんとした緊張感のなかでＰＫを蹴るのは生まれて初めてのことでした。ゴールの周りには戦っていた両クラスの生徒が押し寄せている中でのＰＫなので、かなりのプレッシャーになります。その時のキーパーの動き、ゴール裏に詰め掛けている人の様子、ボールを蹴る前の緊張感。そして、キック。右足でゴールの右上を狙い、ゆるく蹴ったボールがゴールに吸い込まれた瞬間の映像を記憶しています。試合の勝敗についてははっきりしないのですが、スポーツのクラブ活動をしていなかった私が、試合での緊張感を味わうという唯一の経験をここでさせてもらえました。ゴールネットの後ろに広がる青空には、すこし雲がかかっていたのを覚えています。

個性的な先生方

次に浮かんでくるのが、個性の強い先生方のことです。社会のY先生（通称：ガッツ）、国語のI先生など、先生方はみな、人間味あふれる方々であったと思います。教科の勉強を熱心に伝えようとしてくださったことはもちろんのこと、人として真正面から向き合ってくださっていたことが今になってしみじみとわかるのです。そんな先生方に教わっていたことは非常に幸運であったのです。

1年生のとき、友達が好きであったMさんという女の子が静岡に引っ越すことになりました。友達が悲しんでいたことを見ることはつらかったですが、それ以上に数学のO先生が彼女を送るために、授業中にフルコーラスで、城卓矢さんの「骨まで愛して」という曲をしみじみと歌ってくれたことは忘れられません。子どもであった私たちにはその歌の深い意味はわかりませんでしたが、当時40歳くらいであったと思われる先生は「生きている限りは、人を信じて、愛してください」というメッセージを、去っていく彼女だけでなく、クラスメート全員にまで示してくれたのだと思います。

お世話になった地域近隣センター

自宅から2～300メートルだったと思います。坂を下ったところに、近隣センターと呼ばれる、商店街がありました。郵便局、銭湯（同じ学年の子の実家）、おもちゃ屋（同級生H君の母親が経営）、自転車屋（店主が私と同じ誕生日）、米屋、薬屋、理美容室、本屋、八百屋、魚屋、総菜屋と店のバリエーションはかなりのものでした。

天ぷらそばの自動販売機もあり、お金を入れて約1分で天ぷらそばができあがりました。友達と顔をつき合わせて、「誰か入ってんの?」と言いながら、そばの取り出し口をよくのぞき込んだものです。またおもちゃ屋の同級生のお母さんは学生時代にソフトボールをしていたらしく、私たちが野球道具を持ったままうろうろしていると、キャッチボールに誘ってくれました。その人の投げる球は恐ろしく速く、平気な顔を装って受けましたが、けっこう怖かったです。

また、近隣センターとは少し離れたところに、新聞各社の販売店が並んでいる一画があり、そこにも同級生M君の家があったのを覚えています。彼とは時々野球をして遊んでいました。販売店を引き継いだのでしょうか。また、元気でいるでしょうか。

高校受験を控えて

勉強をしないでいいとは思っていませんでしたが、勉強に根をつめる意味を認識していませんでした。自分のためというよりも、「親が言うから」「勉強がわからなかったら学校が楽しくないから」くらいの認識でした。そういう状態でしたから、中間試験や期末試験のときは直前に詰め込むしかありません。特に社会は毎回一夜漬けです。その一夜漬けで覚えた、「平賀源内─エレキテル」はそれを覚えた夜のことまで鮮明に覚えているくらいですから、中学2年生の体力はすごいものなのです。若い時のエネルギーを実感できる記憶です。

そんな様子でしたが、中学1年のときから近所の塾には行かせてもらっていました。毎日うれしい、楽しいという気持ちで過ごしていたのですが、高校受験のことはいつも心の片隅にあり、「考えたくないけれど考えないといけない」「でも考えると今の自由がなくなる」というような葛藤を感じていたのは事実です。そして、能天気なまま中学3年の春を迎えることになりました。そこで、それまでの2年間のスタンスが急に切り替わるわけではありません。結局、受験のために生活するうえでの思い方や生活時間の使い方を、追い込まれて変えざるを得なかったのは3年生の夏休み前のことだったと思います。

3年生に進級した4月頃より、友達が少しずつ受験モードにシフトしていく感じがよくわかりました。「俺も受験するんやろなぁ」そんなくらいの思い方で上の学校に進学できる環境はありがたいことです。しかし、当時は「進学するのは当たり前」、また、自分のなかで進学の目的は明確にはなってはいないけれども、「自分が狙えるできるだけレベルの高い学校を受験する」ことを前提にしていました。「将来どんな仕事をするために、どんな知識や技術を習得するか」などということは全く考えないまま、「~高校を受験できるかな」「高校に受かるかな」という程度の思い方です。しかし、反面、心の内ではかなりのプレッシャーを感じながら毎日を送っていました。

そうはいいながらも、そんなに急に勉強モードに切り替えられるわけがありません。結局、のらりくらりしながら、夏休みを迎えてしまったのだと思います。ただ、いったん勉強モードに突入したらそのペースでやることが自然になるので、夏以降は突っ走ったと思います。恵まれていたことに、第一志望校を私学に絞ることを許してもらえたので、英語、数学、国語に絞って、自分なりの方法で徹底的に詰めていきました。ただ、それまでの積み重ねがあまりないので、気持ち的にも実力的にも「試験当日までに、自分のできる最大限のことをやり、しかも当日に最大限の力を発揮する」しかなかったので必死でした。後から親に聞いたところによると、それまでふっくらとしていた頬がこけるくらいの様子で試験の日を迎えたようです。

そんなあり様でしたから、夏休み以降の半年というもの、かなりの緊張の中で頑張りを維持しなければならないこととなりました。なんせこつこつ積み上げているわけではないので、かなりの分量のことをかなりのペースでこなしていかなければなりませんでした。その現実に、夏休みに入る頃に直面して愕然としました。劇画風にいうと、「ガーン」という言葉と共に立ちつくす姿そのものです。

やったことをどれだけ吸収できるかは別として、真面目にやろうとしたらそれなりにできる気力と体力と知力は親からもらっていたので、最低限のことはできたと思います。でも、当時の自分はそんなことを客観視できる状況でもないし、余裕もないし、ただ最後の最後まで力を出し切るしかなかったのです。

結局、必死にやり抜き、しかも親も学費を出してくれて（そういう経済状況であったことに感謝。一人っ子であったからという状況もあったことを後に理解）、行きたかった私立の高校に行くことがかないました。付け焼刃ではありましたが、それなりの努力により合格できたのは、とにかくラッキーでした。

この時期のちょっとした思い出

その1

中学時代には、一緒にいる仲の良い友達は学年ごとに変わっていたと思います。かといって、以前よく遊んでいた友達とも、機会があれば一緒に行動をしたりもしました。特に3年生の時は、それまでと少し違って、女子4人組と一緒にいることがけっこう多かったのです。

きっかけは覚えていないのですが、一人の女子とよく話をしていたのは覚えています。なんについてもよく話をしていました。そしてその彼女を加えた4人組の女子の中になぜか私も混じっていました。プライベートで出かけるようなことはありませんでしたが、昼に5人でお弁当を食べたりしていました。

その2

高校1年の夏休みだったか、駅近くで偶然、高校の制服姿のM君（通称：ねず）に会いました。かれは、「おれはこんな高校に行ってるのが恥ずかしいわ」と言いながら照れた様子で、落ち着いて話をしてくれませんでした。わたしはどこの高校かは制服ではわからないし、どこの高校に行っているのかは関係なく彼と話をしたかったのです。かれは優しい上に性格のいい男で、しかも運動神経抜群であったことをうらやましいと思っていました。そのせっかくのチャンスに、思ったことを即座に相手に伝えられる能力があったらよかったのですが、それができませんでした。40年以上経った今も、そのときに思ったことを素直に伝えられなかったことを悔やんでいます。

その3

通っていた中学の先生方がおおらかであったのか、それとも時代がそうであったのか、結構自由な雰囲気を感じられる学校でした。昼食時には、自分がかけてほしいレコードを放送委員に渡しておくとそれをかけてくれました。ジャンルを問わず、いろんな人がいろんな曲を持ってきていて非常に楽しい昼食時間でした。そして、わたしが3年生であったある日のこと、「金太の大冒険」という曲が昼時の学校中に鳴り響いたのです。「キンタ、まけるな!」「キンタ、マカオにつく」などのフレーズが校内に響きわたるたびに学校中がどよめきました。途中でその曲が止められて、後味が悪かったという記憶がないので、結局、その曲は最後まで放送されたように思います。先生方が気づくのが遅かったのでしょうか。おかげで、その後何事もなかったように流れた時間の感覚や雰囲気、天気も色付きで覚えています。

その4

3年生のときの2学期、それなりに受験生としてちょっと緊張してひと夏を過ごした後であったからでしょうか、学校に行って友達に会えることがそれまで以上にうれしく感じました。そんな秋口、3年生の教室があった校舎の脇にあった空き地に、なぜだか、たくさんの赤トンボが飛ぶようになりました。その空き地は、おそらく、教室1つ分くらいの広さの、上から見たら台形の形をしたスペースだったと思います。

誰が始めたのか、そのトンボの大群の中で人差し指を立てて両腕を高く掲げると、指先にトンボがとまるのです。両腕を上げた生徒が数人、昼休みのたびに現れ、昆虫と戯れていました。もちろん、私もやりました。

腕を上げたまま天空を見上げる様は、サッカーで得点をした選手がするパフォーマンスそのものです。今、映像でよく目にするこのしぐさを、私たちの学年は50年近い前から自然にやっていたのですからすごいことです。

中学の3年間を振り返って

中学1年と2年は本当に楽しかったです。毎日、友達と笑って過ごすことができました。友達にも恵まれたと思います。おそらく、好き勝手にふざけ合うことが多くて周りに迷惑をかけていたと思います。もし今会うことができたら、みんなにそのことをお詫びしたいと思います。授業中もふざけていた記憶もあり、クラスメートに迷惑をかけてしまったこともあったように思います。そういう意味では、2年生の時の担任のN先生には特に迷惑をおかけしたことを後になって反省しました。先生、ごめんなさい。

しかし、中学3年の夏から受験に向かって始動したとき、自分の本質を知ることができました。それまではふざけた生き方であったのですが、実はけっこうまじめであり、「中学は遊び続けたから、高校に入ったら真面目に勉強しよう」と思ったのです。

両親の親の代から続いていた信仰があり、ありがたいことに、その関連の全寮制の学校に行ってみないかと両親から言ってもらいました。そこで、その私立高校を第一志望にし、公立校受験では5教科の勉強が必要でしたが、秋口から英語、国語、数学の3教科に絞って集中することにしました。その選択はそれなりに勇気のいることでした。後になって理科と社会の実力を取り戻すことはできないので、覚悟が必要だったのです。

高校に進学する動機としては、希薄で幼稚なものです。この時点では、将来についても、おぼろげに「高校を卒業したら大学に進学するんだろうな」とぼんやり考える程度でした。「大学とはどういうところか」「大学に行って、何を学ぶのか」「将来、自分はどういう仕事をするのか」「仕事をするということはどういうことか」という考えにつなげることはできませんでした。だからこそ、高校、大学と進学しても迷走することになりました。

高校時代

厳しい寮の制約

入学した4月から実家に帰省する8月までは、学校の敷地から外に出てはいけませんでした。日常の服装も、学校へ行く時は学生服、学校から寮に戻ると「平常服」という作業服上下を着て過ごしました。ラジオも許可されてなかったと思います。テレビも寮長室にあるのは見てよかったのですが、上級生たちが大勢見ている中にわざわざ混じろうとは思いませんでした。

日用品の調達についてですが、日用品を扱う売店が学校の敷地内に用意されていて、伝票にサインをして購入しました。その明細が親に送られ、親が支払ってくれることになります。そういう仕組みでしたが、1年生の1学期は、確か食べ物は買えなかったと思います。おやつは金曜日の夜に配給がありました。その食物を次の配給の日までうまく配分しないと自分がつらいことになるのです。

そんな制約のなかで4カ月ほど生活すると、意外なことに徐々に不自由を感じなくなるのですから不思議なものです。この経験があるからこそ、いまもさして贅沢したいとは思わないのかもしれません。同じ経験をしても人により影響の受け方が違うのでしょうが、この時期の経験は私にとってさほど苦痛ではなく、自分の価値感に合致していたと思っています。

こんな4カ月の後に、実家に帰省することになりました。その帰省の電車のなかで「家に帰ったら、真っ先に食べよう」と頭から離れなかったものがひとつだけあります。それは、バターをたっぷり塗って、そこに砂糖もたっぷりかけたトーストでした。実際に家に戻り、トーストしたパンをかみしめた時、「こんなにおいしいものは他にない」としみじみ思いました。そのときのパンをかみしめた時の味と香りと音は今も鮮明によみがえります。入学から帰省までの間、カップ麺は禁止でしたし、パンも購入できませんでした。かなりの制約のなかで過ごしていたからこそ、余計に心に染みたのかもしれません。

初めての経験

寮での生活ですから、毎日、朝から晩まで身の回りに誰かがいる生活が続きます。勝手な想像ですが、「軍隊生活にかなり近いのではないか」という印象を抱いていました。それをより鮮明にするのが、朝のラジオ体操です。起床時間はおそらく午前6時だったと思います。起床の放送をする係（当番制）が放送をかけ、音楽を鳴らし始め、15分以内に寮の近くのグラウンドに集合してラジオ体操をしました。毎日だったのか、平日だけだったのかは覚えていませんが、それが日常でした。

放送がなると飛び起きて、平常服に着替え、走ってグラウンドに行き、体操をし、寮に戻り、そして300〜400人の寮生（高校男子1年〜3年）がそろって食堂で朝食をとるのです。しばらく休んで、制服に着替え、登校です。寝室は2段ベッドで16人部屋でした。勉学室という部屋に机が1つずつあり、勉強はそこでやっていました。どのタイミングでしたか、朝夕に部屋の前に同室者が並び、人員点呼もやりました。

こんな毎日の風景よりも、より軍隊を感じる訓練もありました。これは1年生の1学期だけだったでしょうか、団体行動訓練というものがあったのです。上級生の指示のもと、走って移動しては整列し点呼ということを繰り返す訓練です。移動するときも、10人ほどのグループ毎に分かれて、「ホチョウウッー（歩調）、ホチョウウッー、ホチョウウッー」という上級生の声の後に、「それ（上級生の声）、イチ（下級生たちの声）、それ（上級生）、ニイ（下級生）、それ（上級生）、サン（下級生）、それ（上級生）、シ（下級生）、それ（上級生）イチ、ニイ、サン、シ、イチ、ニイ、サン、シ（下級生）」と声を出しながら走るのです。アメリカの海兵隊員のようなイメージです。寮生活が軍隊みたいなものと感じたのは、こんなカリキュラムの影響が大きかったからでしょう。

甲子園出場、そして優勝

1978年に高校に入学しました。慣れない寮生活、初めての生活習慣のなかで、最初の2カ月は毎日同じ日課をこなすことだけで必死でした。毎日戦っていました。でも不思議とホームシックにはなりませんでした。ただ、地元の友達の顔は、時々頭の中に浮かんではきました。

あと2カ月過ごしたら帰省という時、「もし野球部が甲子園に出ることになったら、応援のために帰省の期間は短くなる」ということを耳にしました。「甲子園に出場」ということは非常に難易度の高いことで、それを予定に入れるなどということは常識ではあり得ません。しかし、私の通っていた学校では当時、そんなに現実離れした話ではありませんでした。

実際、私が高校1年の夏、母校は地区予選で優勝。甲子園に出場することになったのです。私は甲子園球場での高校野球を実際に見にいけることがうれしかったです。自分の所属する学校の応援です。そんなことができる人は、本当に限られた人しかいないのです。非常に恵まれていることなのです。

甲子園では1回戦を突破した後も順調に勝ち進み、いよいよ準決勝です。準決勝では、4対0のリードを許したまま9回裏最後の攻撃となったのですが、この回に4点をもぎ取り同点としました。その後もエースの投げ合いが続きました。そして、12回の裏に押し出しで1点を入れ、決勝に進むことになったのです。特に9回の裏は、必死に応援をしている間に点が入ったことはわかったのですが、何点入ったのかはわからない状態でした。そういう中で、当時手書きのスコアボードでしたがそれがくるっと回って、9回裏のところに「4」という数字が表示された瞬間の驚きと興奮はいまだに忘れられません。昨日のことのように鮮明に覚えています。隣りにいた同じクラスのK君と抱き合って喜んだこと、そのときに握り合った手の感触もはっきりと覚えています。

そして、決勝戦。この試合も9回表まで2対0でした。相手側が優勢なまま最終回を迎えました。しかし、この試合も9回の裏に3点を入れ、優勝を決めたのです。表彰式を終え、応援団も帰路につきます。中学高校の全生徒、教師、学校関係者が来ているのですから、大型バス30台近くが隊列をなして母校に戻りました。すると、行きかう車、沿道の人たちが、みんな手を振ってくれるのです。高速道路を走っている時以外は、沿線の皆さんがずっと手を振ってくれていたので、わたしたちも手を振り返していました。

そして、「優勝するとこんなことになるんだ」と思うと同時に違うことも考えていました。「確かに、甲子園球場には5万人以上の人が居たかもしれん。でも、それをなんで行き交う人皆が知っているんや」という思いがすんなり腹に落ちませんでした。

テレビでも放映している、ラジオでも放送しているということは当然ながら知っているわけです。しかし、それがすんなり理解できない状態でした。頭で考えることと、実際に起こっていることのギャップをすんなり飲み込むことがむずかしかったのです。とにかく、ふつうは味わえないことを高校1年生で経験させてもらえました。この上なくありがたいことでした。

甲子園の決勝戦が行われたのが8月20日。ようやく8月21日に、3月末に入寮して以来、はじめて家に帰ることができることになりました。いろんな思いを抱きながら、新幹線に乗る友達を見送りました。そして彼を見送り、自分も家に帰ろうと思ったその時、背の高い色の黒い同じ年くらいの人に呼び止められました。その相手の人は、甲子園準決勝で戦った高校の正捕手の方でした。「いや、おととい試合をした学校の制服を着ている人を見かけたから思わず声をかけたわ。今日会えてうれしいわ。どうもありがとう」と言って、握手を求められました。「この人はなんと純粋で、気さくな人なんだろう」と思い、声をかけてもらったことに感謝しました。もしその人がその時のことを覚えているのならば、今度は私の方から「声をかけてもらって、ありがとうございました」と伝えたいです。

夏の高校野球甲子園大会で母校が優勝する場面を、目の前で見ることができ、こんな幸せなことはありません。あれから40年以上も経っているのに、高校野球フリークは当時のエピソードをよく知っています。当時のことを話す機会があると熱心に聞いてくれるのです。あまりに真剣に聞いてくれるので、こちらも熱を込めて丁寧に話しているうちに、自分でも忘れていることが蘇ってきて、つい興奮気味にしゃべってしまいます。と同時に、初めて会った人とかなりプライベートな話題を共有できているように感じるので、何年も前からの知り合いであるような気持ちでやり取りをすることができます。そんな非常に楽しい時間をもらえることがこれまで幾度となくありました。このような場は、自分が努力しても得られるものではないので恵まれていると思います。

ただ、この甲子園の話を思い出すたびに、必ずセットで思い出すことがあります。それは、甲子園に出場することにより、帰省の期間が短くなってしまったことです。応援に行けて良かったと思うものの、高校1年の夏にもし1カ月以上帰省していたとしたら、中学の時の同級生と旧交を温めていたと思うので、以後のつながりに影響があったのではないかとも思うのです。欲張りではありますが。

地区予選で敗退していたら、7月の下旬から8月いっぱいは自宅に帰ることができました。しかし、甲子園に出場して決勝まで勝ち進むと、8月の20日過ぎまで寮に留まることになり、帰省の期間は8月22日頃から9月3日か4日までになるのです。特に、優勝したこの年は私が高校1年生の時であり、初めての帰省でした。4月から7月までの1学期の緊張した生活からしばらく解放されることを励みにしてきた身にとって、多少の痛手でもありました。

でも、結果的には、経験したくても経験できない夏の甲子園の優勝を目の前で見せていただいたことはこの上もなく幸せなことで、本当に感謝しています。あの夏に見た球場や移動バスから見た景色や、音、匂い、そして感情の高ぶりは決して忘れません。

学校行事

先輩の近隣の山の縦走サポート隊

学校からは、きれいな山々が常に見えていました。1年生の時、3年生がこの地域で有名な2つの山を縦走する行事がありました。1年生は3年生の食糧を担いでサポートする役目で山を登ったように記憶しています。３年生は山中で1泊したのか、毛布も担いで上がったように思います。

サポートのための物資を持って、登山口近くの駅まで電車で移動し、そこから山に入ったのです。背負子に荷物を背負って電車に乗るのですが、格好は寮生活で着ることになっていた平常服と呼ばれるグレーの作業服です。そのような格好の高校生が１００人以上一斉に同じ電車に乗るですから、電車の乗客の皆さんはふだんない異様な雰囲気に驚いたのではないかと思います。

電車を降り、そのまま山を登り始めることになります。途中、サポート隊も食事を取ることになりますが、学校行事であったとはいえ、山行中の食糧というのは当然ながらそんなに手の込んだものを持っていけるわけではありません。サポート隊として参加した1年生約１２０人の昼ごはんは、白米1パックとさんまかいわしのかば焼きの缶詰1缶でした。山道の脇に座り込み、缶切りで缶詰の蓋を開け（当時通称パッ缶はまだなかったと思います）、かきこんだのです。寒い時期ではありましたが、それなりに汗もかきますし、運動もしていますので、非常においしく食べ切ったことを思い出します。缶詰の甘いたれの中に缶切りで切った際の金属の破片も混じっていましたが、それも一緒に噛みしめて食べてしまったことも思い出されます。

ディスコ大会

寮に入っていたこの頃、ちょうど、ディスコの流行り始めでした。ジョン・トラボルタ主演の映画「サタデー・ナイト・フィーバー」が大ヒットし、ビージーズやダイアナ・ロスが活躍していました。そんな風潮のなか、先生方は大変であったと思うのですが、夜7時くらいから学校の体育館でディスコ大会を開催してくださったのです。年に数回、先生方が高校生だけを対象に体育館でディスコ大会を開いてエネルギーを発散させてくれました。

エネルギーが有り余った高校生が暗くなった空間に集まり、好きに踊っていいという時間でした。高校卒業後、数年してから放映された映画「バック・トゥ・ザ・フューチャー」の学園祭の場面を見て、その夜の雰囲気を思い出したりしました。

寮生活の自分にとっての意味

「同じ釜の飯を食う」という表現がありますが、3年間寝食を共にした先輩、後輩、同級生とのつながりはいまだに強く、久しぶりに会っても何の違和感もなく、即座に当時にタイムトリップできます。高校の多感な時期を朝から晩まで一緒に過ごしているのですから、親や兄弟よりもその頃に当人に起こったことや感じていることをお互いに知っているのです。たとえ20年、30年ぶりに会ったとしても、違和感がないどころか、久しぶりに親戚に会ったような気がします。また、私には兄弟がいませんが、高校の下級生に接すると、「弟や妹がいたら、こんな感じなのかも」と思うことがよくあります。

逆に、もし、先輩や後輩と馬が合わなければこんなつらいことはありません。寮の中で朝起きてから夜に床に就くまで、すぐ近くに好きでない人間の存在を感じ続けなければならないのです。そこをうまくかみ砕くことができずに退学する人もいました。退学はかなり厳しい試練といえますが、しかし今考えると、無理に我慢をしてやり過ごすよりも早めに対処したほうがよかったのだと、大人になった今はそう思えます。

「寮生活ってどんな感じ？」という質問を友達からされたときに、さらっと「毎日が修学旅行って感じかな」と答えています。しかし、見た目にはそういう感じですが、その実、そんな気楽なものではありません。一人っ子であったため、親からも「あんたは兄弟がおらんから、苦労するかもしれん」と入学前に言われました。幸いにも、私は自分の素で過ごした割には、楽しく、有意義に過ごすことができたので非常にラッキーであったと思います。

これも当時のことを思い出すときに真っ先に頭に浮かぶことですが、3年生の時、売店で新しい洗面器を買ってきて、それでプリンの素を3箱分くらい使って大きなプリンを作ったことは忘れられません。これはよほど楽しかったのでしょう。大事なことは結構忘れてしまっているのに、もう40年以上も前のことを先週あったことのように鮮明に覚えています。

プリンの素をお湯で溶かして、冷蔵庫には入れずに、冬場であったので勉強用の部屋の窓の外に出して冷やしました。洗面器は大きくて冷蔵庫に入りきれなかったこと、寮の先生に見つかってお小言をもらいそうであったこと、それから、山に近かったので外気が冷たく、急速に冷やすことができたからです。

2時間近く外で冷やすといい具合に固まりました。見た目は当然おいしそうです。かなり大きいので、ひっくり返した時の様子は壮観であろうと想像しました。下級生に食堂の金属製のお盆とスプーンを15本ほど持ってきてもらい、いよいよ試食です。しかし、同級生がお盆の上に洗面器をひっくり返す間もなく、プリンは自らの重みに耐えかねてドロッとした状態でお盆の上に流れ落ちました。

プルルンと富士山のような形のプリンを思い描いていましたが、夢はもろくも崩れ去りました。しかし、その理想が壊れるさまを見ていた皆は、はじけんばかりの笑顔でした。そして、笑顔と歓声のなか、我先にと形をとどめていないプリンを大勢ですくって食べました。そのおいしかったことといったら、もういまだにその時のプリンの味を超えるものには出会っていません。今までで最高のプリン、世界で一番おいしいプリン、もう二度と食べることのできないプリンです。

その場に居たのは、誰だったんでしょうか。一緒に食べたみんなは、この味を覚えているのでしょうか。こんなことをしていたことを覚えているのかな。確かめてみたい衝動にられます。

同級生とずっと一緒なので、時々、友達にいたずらをして遊んだりもしました。ターゲットになった友人が夜寝ている間に、ベッドの床板ごと10名くらいで、トイレの入り口に運んでおくのです。目が覚めると、トイレ前で布団に入って寝ているということになります。起床の放送がかかる前に集まり、当人が起きた直後にどんなリアクションをするのかを見て楽しんだこともありました。そんな類のことがけっこうあったのですが、トイレ前に運んだのは誰だったかを思い出せないのです。比較的おおがかりなイベントであったとは思うのですが、詳細を忘れてしまっているのです。

また、宗教法人関連の学校であったので、信者として幼い頃に会ったことがある人が中学生高校生になって再会することがあるのも、この学校のおもしろいところです。私も、以前同じ幼稚園に通っていた女の子と高校に入って久しぶりに再会しました。それは当人同士にはわからないことでしたが、私の母親がどういうところで確かめたのかわかりませんが私に伝えてくれたので、私が彼女にそのことを伝えたのです。私は帰省した時に、幼稚園の時の遠足の写真を見たら、彼女が高校生になってからの顔と同じ顔をして写っていました。面影があるというレベルではなく、そのままでした。以前一緒にいたのは4歳くらいの時の話ですから、約12年ぶりの再会です。

そして、高校3年の時、生徒会の役員を二人とも務めました。非常に不思議な巡り合わせを感じるとともに、周りもそのことを知っていたせいか、女子の役員やその友人グループも私のことを気軽に受け入れてくれて、和やかなサークル活動のような雰囲気で過ごすことができました。大学生になってから高校の同期生の集まりで何回か顔を合わせましたが、その後は音信不通でした。卒業して30年以上経って同窓会で会ったとき、その機会にも当時のことをいろいろと話していると、自分の知らない当時の話がいっぱい飛び出してきて、一晩では収まり切れないような時間を皆で過ごしました。

私の卒業した高校は特殊で、一緒に過ごした先輩、後輩、同級生、そして在学中には知らなかったけれども、卒業後に知り合うことができた先輩、後輩と当時の思い出を語りあうことができることはこの上もなくありがたく、うれしく、また楽しいことです。大人になるすこし手前の多感な時期であったからこそ、より多くの、また忘れがたい思い出を数多く共有できたことは、口では言い表すことができない、貴重な宝物です。あらためて、学費を出してくれた両親に感謝をしたいです。

熱心に勉強や生活面の指導をしてくださった先生方にも感謝します。のちに、校長になり、野球部監督不在の時に監督代行として野球部を指揮した国語のM先生。私の担任であった先生の葬儀の時に、同級生二人とアポもなく学校を訪問しても「よく来た。ちょっと話をしていけ」と気さくに対応してくださり、ありがたかったです。あと数学の先生お二人、物理、化学、英語、世界史の諸先生方。個性的でしかも人間味あふれる方々にお世話になることができて幸運でした。当時新卒でこられた生物の先生も、考えたらもう65才。すでに定年を迎えられています。時間が経っていることをしみじみ感じます。

予備校時代

初めての一人暮らし

浪人が決まり、一人暮らしをすることを親が許してくれました。高校在学中に夏期講習や冬期講習でお世話になっていた高校の先輩に下宿先を紹介していただきました。その関係で、私は1階でしたが、2階に高校同級生のI君も同じ時期からお世話になることになりました。最寄り駅から徒歩10分くらいにある、2階建てのアパートです。

下宿での一人暮らしは当然初めてのことです。机と冷蔵庫と布団しかありませんでした。家計費も1カ月に親から8万6000円出してもらい、それでやり繰りをすることになりました。

なにせ部屋にいるのは自分だけです。耳かきがないと気づいたら、「どこで売ってるんだ」という自問から始まり、外食だけだとお金が足りなくなるのでとにかく自炊をすることも考えました。でも、そこでも難問にぶつかります。「炊飯器はどこで買う?」「味噌汁を作るには、味噌だけじゃないよな。出汁を取る?」と、わからないことの連続でしたが、駅前でどんな店があるのかを物色していたら大手スーパーがあったので、そこで各種の問題を解決することができました。

一人で暮らすとすべて自分でやり繰りするという負担があるとともに、自由に動けるという利点もあります。幼稚な話ですが、桃缶を冷蔵庫で冷やして一缶食べる、スイカを半玉買ってきて食べ切る、不二家のアップルパイをホールで買ってきて好きなだけ食べるということもやりました。18歳の少年にとってそれは非常にぜいたくなことであり、それを実行するだけで多少の満足感はありました。しかし、その経験を一度したらそれで充分であることがわかり、そんなことをしてもなんにもならないという多少の虚無感が残りました。ただ、そのような選択もできるという、行動の幅が広がったということだけは間違いのないことでした。

風呂無し、トイレ共同の住まいであったので、銭湯も探さないといけません。しかし、銭湯には煙突があるので、すこし歩いただけで見つけることができました。毎日、洗面器にタオル、せっけん、シャンプー、着替えを入れて通いました。番台でお金を払い、帰りに少し駅に戻ったところのゲームセンターによってその店の前にあったパンピー食品（さびしいけれど、今はもうありません）の販売機で買ったオレンジジュースを飲みながら、インベーダーゲームをやったものです。その販売機は当たり付きでしたが、不思議と5回に1回くらいは当たっていましたから重宝していました。当時すでに古ぼけた自動販売機で、建物と建物の隙間に設置されていた目立たない自販機だったので、あまり買う人はいなかったかもしれません。私だけの秘密の自販機と思っていつも買っていました。

予備校は、東大コースが2組ある学校でした。非常に大きな教室でした。一つの教室に200人くらいは入れたのではないでしょうか。

毎日の生活のリズム

予備校に通い出してからどれくらい経ってからかは定かではないですが、気持ちや生活に変化をつけたくて、原付免許を取り原付バイクを買いました。ホンダ「MB50」というホンダが初めて作った2サイクルエンジン搭載のバイクです。今は排気ガス規制の影響で当時製造の車体しか残っていないようなので、幻のバイクの一つと言えます。

このバイクのおかげで、活動範囲は広がり、移動も手軽にできるようになりました。夏も冬もこのバイクで学校や友人宅を行き来し、高校の同級生のK・C君やK・M君と時々ツーリングに行くこともできました。この二人のK君の親しい先輩が銚子にいるというので、そこを目指して行ったこともあります。ツーリングに出かけ、先輩に生姜焼き定食をごちそうしていただきました。

犬吠埼の展望台に上り、青い空のもと地球の丸みにそった大海原のきらきら光る映像は今も色濃く記憶に残っています。

学業成績低迷

時にはツーリングに出かけるようなこともありましたが、いつも遊んでいたわけでもなく真面目に勉強もやっていました。しかし、成績はそんなに伸びることなく1年を終えました。一浪して2校は合格しましたが、もう少し難関校を突破したいと思い、両親に思いを伝え、結局二浪目に突入することになりました。

二浪目はやはり結構深刻で、「どこにも受からなかったら、どうしよう」というような不安に駆られることも多くなり、秋以降、少々抑うつ的な状態になり、予備校にも行かず部屋に閉じこもりがちになってしまいました。

「学校に行かなきゃ」と思いつつも、朝になったらそういう気も失せ、ただただ布団のなかでじっとしていました。今思うと、これは抑うつ症状という状態から軽いうつ病になりかけていたのかもしれません。治療を受けるという知恵も気力もないまま、状況に身を任せるしかなかったこの時期は非常に苦しいものでした。

そんな状態のまま、受験の時期を迎え、何とか試験を受け、前年と同じ2校に合格し、そのうちの1校に進学することになりました。

この時期の思い出

予備校に通っている間にも、知り合いの紹介で時々アルバイトをして小金を稼いだりしていました。臨時の収入があるときは学校に行った時も、近くの中華料理屋で「笑ってる場合ですよ！」（「笑っていいとも！」の前身番組）を見ながら、中華丼やあんかけかたやきそばなんかを贅沢にも食べていました。しかし、入試が近くなった年末年始には月末にお金がなくなってしまい、外食ができないようなこともよくありました。そんなときは、小麦粉を水で溶いて、それをサラダ油で焼いて、マヨネーズとケチャップを混ぜたソースをのせて弁当箱に詰めて持っていき昼食にしました。水を飲むと十分に腹が膨れて、なんとか持ちこたえることができたのです。

また、下宿近くの飲み屋街のうなぎ屋さんの店主と知り合いになり、いろんな話をすることができたのも楽しかったです。そのうなぎ屋は、夕方になるといつもうなぎのいい匂いを換気扇から出していました。うな丼を食べるほどの余裕もなかったのですが、何かのきっかけで時々話をするようになりました。そして、寒い時期のことでした。飲食街の組合の取り決めで、うなぎ屋の店主も防火のために夜回りをしなければならなかったらしいのです。しかし、一人で店をやっていたために、「夜回りに行けないから代わりにやってくれないか」と銭湯帰りの私に言うのです。うな丼1杯のアルバイトです。20～30分回ればいいというので、結局私が回ることにしました。

それ以降、学生になっても、時々そこに友達を連れて行き、楽しい時間を過ごしました。

学校卒業後、32歳か33歳の頃に仕事の出張帰りに店に寄ったときは、私のことを覚えてくれていて非常に喜んでくれました。いまはもうその店はありません。そのことは、ネットで知ることができました。店をやめる前に、おばちゃんにもう一度会いたかった。失敗しました。

また、高校を卒業して上京してすぐの時期です。知り合いの紹介で、今はもうない遊園地の一角に舞台が設置されていた人形劇のバイトを、4月と5月限定でやることができました。縫いぐるみを着て演技をするので、動きは少し大きめに取らないと何をしているのかがわからなくなります。そこで、そのバイトをする少し前に、1週間ほど合宿をして演技の訓練を受けたことは、非常にいい思い出となりました。

後に、そこで一緒にバイトをしていた大学生が俳優になり、テレビドラマに出演するようになりました。知り合いが頑張っているのをテレビで見ることができてうれしかったのですが、若くして突然亡くなってしまいました。実家は米どころの酒屋と本人がおっしゃっていましたが、それがどこだか、探しても見つからないまま20年が経ってしまいました。まだ、手を合わせることができないままでいます。

お金がないことで得たもの

昼食が小麦粉を焼いたものであるとき、皆がいるところでは食べにくかったので、学校の空いた教室に忍び込んで、一人で食べたりしたこともあります。そんなときは確かに切ない気持ちを感じるものですが、なぜか充実していました。自然に緊張感も維持され、食べているときのひとりだけでいる教室の風景などもしっかり覚えています。

一度夏期講習前にバイクが壊れて、修理に出したことがありました。その修理代が店の人の見積もりで2万5千円と高額だったので、そのお金を取っておくために節約をしようと思い、真夏の5日間、予備校までの片道約7キロの道のりを自転車で往復しました。学校から戻ると銭湯に行き、コーラを飲み、食事はコメを炊いて冷蔵庫の野菜を炒めて食べました。最初の2日はきつかったのですが、それ以降はペースをつかむことができ、結構楽しかったです。帰りに通った、環状道路から自宅に向かう街道の風景とそのときに鳴いていたせみの声は今もはっきり覚えています。

それと同じ頃、模擬試験が11キロほどの距離にある会場であったのです。今のようにスマホなどはありません。地図を片手に、朝早くから自転車に乗って下宿を出発し、試験を受け、なんとか帰路に就きました。しかし、あまり食べていない日が続き、しかも真夏であったので、自宅のかなり手前でバテて動けなくなってしまいました。さすがに何かを食べないと家にたどり着けないと思い、ビルの1階にあった酒屋で売っていたアンパンを1個買って、ひと気のない駐輪場に忍び込み、日差しをよけて食べたことを思い出します。でも、すごいことです。体がけっこう追い込まれている時は、アンパン1個でもりもり力が出て、ペダルを元気よくこぐことができ下宿に帰りつきました。その時に自転車をこいだときの足の裏の感覚は、今でもはっきり思い出せます。丈夫に育つことができて幸運であったとそのときに思いましたが、今もあらためてそう思います。親に感謝、天に感謝です。

また、もう一つ、バイクがらみで覚えていることがあります。頼みのバイクの調子が悪くなり、気持ちの調子も低調になった時のこと、確か、二浪目の初めころでした。2年目ということで教務課の職員の人にも顔見知りの方がいました。その方は私が二浪目すぐに学校を休みがちなことを知ってくれていて、教務課に行った際に声をかけてくれました。

「どうしたの。最近欠席気味だけど」という言葉をくれたのです。私は正直にバイクの修理をしていて、それが戻ってきたら来ることを言いましたが、その約5000円の費用を払うのは次の仕送り後でしたので、その事情を話しました。すると、その方は、「そんなことで学校を休んでペースを乱したらいけないから、私が5000円貸してあげる」と言ってくれて、その場で5000円をわたしてくれました。そんなことをしてもらってもいいものかと戸惑っていたら、「上司にも言わないで勝手にやっていることだから。お金は早くしまって」と言ってくださったので、お礼を言ってその場を去りました。仕送りをもらい、バイク屋に支払いをし、バイクがもどって晴れて登校し、「ありがとうございました」とお金を返しに行きました。するとその時に、「よかったわね。あなたはきちんとしていると思ったからお金を貸しました。約束を守ってくれてありがとう」と言われました。

自分の意思で決断し、そして私を見守ってくれたことに今も感謝しています。お会いして、ぜひ、そのときのお礼をOさんにあらためて直接言いたいです。

予備校を終えるにあたり

「東京大学合格」これを目指して勉強をしていました。しかし、今考えたら怖ろしいことです。浪人中も、なぜ東京大学にいくのか、東京大学で何を学ぶのかということを考えずに過ごしていたのは、高校の時と変わりありませんでした。そういう状況でも、まじめに努力を積み重ねていると、それなりに目指すものを見つけられるとは思いますが、それにしてもあまりのビジョンのなさに今になって少し空恐ろしさを感じます。

また、高校在学中との違いは、予備校で東大に進学するだけの力を持っている人と直に接し、そういう人はどういう実力をもっているのかを実際に知ったということです。やはり、東大に行くような人はとてつもなく知識があり、本も読んでおり、考えるということを十分にしている人たちでした。そんな人たちと競っても勝ち目がないことを思い知らされました。

どういう経緯であったか、年は1つか2つ上であった人と知り合い、時々話をするようになったのですが、その彼が2010年の衆議院議員選挙に立候補していました。久しぶりに彼の様子を知ることができうれしかったです。そんな感じの人があの予備校には、おそらくたくさんいたのだと思います。

大学時代

在学中にエネルギーを注いだこと

ようやく通う大学が決まりました。入学式のためにブレザーの上下を親が買ってくれました。その着慣れない格好で、入学式に参加しました。両親とも入学式の日には下宿に来てくれていたのですが、私が式に行っている間に、二人で部屋の大掃除をしてくれました。4畳半の部屋に親子3人で雑魚寝して、何日かを過ごしたのだと思います。

入学直後、いろんなサークルから勧誘を受けましたが、魅力を感じる集まりに出会えませんでした。この時期に仲間に入ってないとグループになじみにくくなるので、とにかくどこかのサークルに所属しようかとも考えましたが、実際に行動に出るまでには至りませんでした。

大学に通い出したのではありますが、「将来、なにをやる」「どういう仕事をする」ということが見つかっていなかったので、それを特定しようとする動機は常に心の中にありました。しかし、なかなか見つけきれなかったので、けっこう悶々とした気持ちで過ごしていました。結局、向かうものに必要な勉強は何かが定められないため、「目の前に与えられたことを学ぶことは今後生きていくうえで必要である」と思うくらいの感じ方でいました。いろんな人に会い、いろんな現場を見てみようという視点だけで生きていました。今になって思えば、先が見えていないとしても、本だけはもっといっぱい読んでおくべきであったと思います。

そんな状態であったので、学校に行くよりもアルバイトに行くときのほうがモチベーションが上がっていました。大学1年生の夏には、ファミリーレストラン会社のリサーチのバイトを友達に紹介してもらいました。湘南地域のどこにファミリーレストランを開店すると効率よく客が入るかを調べるバイトです。エリアは指定されているものの、自分の組んだ工程でその地域で営業されている他社の店舗を順に回っていき、その店で飲食をするかそれとも何かを購入し、レジのレシートをもらってくる仕事です。それには客数が印字されているらしく、その店の入店客数をチェックできるようなのです。しかも、その行程を2日にわたり、だいたい同じ時間に訪れるようにします。店で使用できるお金は1店舗500円、そしてその日回った1店目入店時間から、最後の店出店までの時間×500円がバイト代です。朝9時に1店目に入り、8店目を16時に出たら、500円×7時間

＝３５００円が現金での収入。５００円×８店＝４０００円は４０００円を上限に、食事をしてもいいし、グッズを買ってもよく、購入したものはもらえる仕事です。現金を効率よく稼げる仕事ではありませんでしたが、真夏の藤沢湘南台、辻堂、藤沢近辺を２日にわたり、歩いたり、路線バスに乗ったりして、旅行を楽しみながら過ごせたので、非常に楽しい思い出になっています。当時、ＴＵＢＥの「シーズン・イン・ザ・サン」が流行っていました。その歌を口ずさみながら見た景色は40年経った今も、頭の中で色褪せていません。

あとバイトと言えば、家庭教師、塾の講師、算数教室の採点、宅配便の仕分けや引っ越し、ハンバーガーショップの店員、テレビ局見学コースの清掃、知り合いの紹介の単発バイトで劇場のタイルの張替えやビルのパーテーションの手伝いもやりました。

宅配便の仕分けは、朝の5時30分から8時30分。ある時期、毎日その時間に、下宿先から3キロちょっと離れた営業所まで歩いて通っていました。途中に、平日のお昼12時に毎日テレビに出ていたタレントの方の家があり、その前を通って出勤していました。

午前5時過ぎにバイトが4〜5人集まり、5時半から作業を開始します。7時から15分ほど休憩してから8時半までの作業に入ります。宅配便の営業所の前にはセブンイレブンがあったので、朝食としてそこでいつもヤマザキパンのデニッシュを買って食べていました。

ある冬の朝、バイト4人でパンを食べながら休憩していたら、斜め前の家からいきなり火柱が立ち上がりました。あまりに突然のことで、私たちも皆思わず立ち上がりました。「早く消防署に連絡を」と声を掛け合うよりも早く、ひとりの先輩が「消防署に伝えてくる」と言って外に駆け出していきました。実は、宅配便の営業所の100メートルほど先に消防署があったのです。近くで火事が発生しているし、火の手が営業所に近づいたときに動かなくてはと思い、できることをやるつもりで消火活動を皆で見守りました。

家庭教師では、短期で3人、長期で1人と勉強をすることができました。長期で関わったのは、中学3年の男子でした。その子は知り合いの息子で、「勉強せずに遊んでばかりいるので英語と数学を何とかしてほしい」と言われ、受験勉強に一緒に取り組むことになりました。一人っ子で母親べったりという感じの子でしたから、最初のうちは私が家に来ることに慣れてもらうということを主眼に置きました。母親が料理好きであったこともあり、ありがたいことに毎回勉強の後に夕食を二人で取るというスタイルを取ることになりました。成績は真ん中より下ぐらいでしたが、もともと理解する力はあったため、興味をもって勉強を始めると成績は日を追うごとにアップしました。特に数学は、文系で数学には苦労したわたしの克服法などを交えて伝えると、急速に成績が良くなりました。自分でも解き方などを工夫したり、違うやり方ができないかを考えたりし始め、私が教えきれないところは学校の先生に教えてもらうように伝えると、彼はそれを実践しました。もともと素直であったのでしょう。また、はじめて好奇心をもって勉強をし始めたので楽しかったのでしょう。結局、担任からは絶対に受からないと言われた私立大学の付属校に見事合格することができました。合格を勝ち取ったときに私に見せた彼の会心の笑みは、私の心の中に今もしっかり焼き付いたままです。

本業である学業について

今学生時代を振り返って一番思うことは、「もっと本を読んでおけばよかった」「読書時間を増やして、自分の興味の向く分野をもっと探っておきたかった」ということです。

いろんな経験をしながら、活動する費用を稼ぐという意味でアルバイトにも力を注いだのも事実です。しかし、1年生の時は、やっと大学生になり、少し気を抜いてよかったとしても、わずか10単位（語学2単位×3講座と体育4単位×1講座）しか取得しなかったのはまずかったです。卒業までに１２０単位くらいは必要でしたし、理想から言えば4年生は卒業論文に集中するためには、1～3年まで毎年平均40単位は取得しておくことが望ましかったのです。

そこで、2年生のときに頑張ることになります。理想の路線に戻すためには、2年生で70単位以上取得しなければなりませんでした。幸い、母校は進級するための基準取得単位数を制限していなかったので、無理はあるにしても70単位以上取得の予定を立てることは可能でした。自由だったのです。

結局、2年生のときに、76単位取得し、3年生に進級する時点では、平均的な単位取得数を実現しました。ただ、約20の講座に出席していたので、ほぼ毎日、朝から夕方まで学校にいることになりました。その分、友達ともよく話をしましたし、授業に関連する書籍もかなり読みました。それはそれで有意義でしたが、試験期間中はかなりきつい状況でした。一日2～3科目の試験を10日近く受け続けることになったからです。そこで、2年生のときは、ラッシュを避けるために朝早く家を出て、電車かバイクで登校し、朝定食を学食で食べ、昼も学食でカツ丼か和定食を食べる毎日でした。

朝早くから学校に居ることが多くなったので、輝く光の中、構内にある教会のミサにも参加しました。荘厳なパイプオルガンの音を聞きながら朝の崇高な光を浴び、敬虔な気持ちで学問にいそしんだ時期でもありました。

大学卒業後

大学院受験、そして就職浪人

4年生になると、同級生はみな、就職活動を始めました。私は一般企業に就職する気持ちは一切なかったものの、では何をやりたいかというとそれがまだ定まっていないという情けない状態でした。そこで、卒論のテーマにも選んだ、「いきいき生きる」ということについて突き詰めたいとも考え、大学院受験をすることにしました。しかし、4年生に至るまでに、大学院に合格するほどの研鑽を積んだわけではなかったのであえなく不合格となりました。

卒業をしたら自活することを親から言われていましたので、大学卒業後は家庭教師先であったタイプ事務所で仕事をさせてもらうことになりました。この会社は、私が家庭教師をしていた息子さんとその親御さん夫妻、そして奥さんのお父さん、そして近所の3～4人の主婦により、一家の自宅で運営されていました。ここで、特許事務所に提出する書類の清書をワードプロセッサーで仕上げる仕事をしました。400字詰め原稿用紙1枚につき250円という、出来高払い制の仕事です。特許事務所から依頼を受け、原稿を特許庁に特許申請する書式にするという作業をします。特許に関する仕事なので、とにかく早く仕上げなければならないときもあり、夜遅くにＦＡＸで原稿が届き、次の朝一番に届けるというようなこともよくありました。

当時、パソコンはまだ普及していませんでした。メールも容量の小さいものしかやりとりができなかったので、ＦＡＸを多用していました。今のＩｏＴの技術があれば、多少スマートに仕事が進んだと思います。

この原稿打ちの仕事は、社長とその義理のお父さんが昼間に特許事務所回りをして原稿を集めてきて、夕方から原稿を入力するという流れでした。

思い立って、日本一周

大学を卒業したら、ほとんどの人は就職して仕事に就きます。当時、自分は何を考えていたのでしょうか。のんびりしていたのか、鈍感であったのか。今思うと、のんびりして悠々自適に過ごすというタイプではないのにそういう過ごし方をしたのは、ある意味開き直っていたのかもしれません。「ここまで来たから、ついでにいろいろなことをやっておくか」といった気持ちであったのだと思います。

幸い、ワープロを打つバイトでひと月25万円くらいの収入があったので、卒業してからも毎月15万円近くは貯金していたと思います。そのお金を元手に、記録用の8ミリビデオを買い、レンタカーを1カ月15万円で借り、車中泊でしのぐ計画で、9月2日に下宿を出発しました。

約1カ月の予定での日本一周の旅でした。前半2週間は北海道に滞在するつもりでおり、その話を聞きつけた高校の後輩が、「北海道だけ一緒に行きたい」というので同行することになりました。

初日（1987年9月2日）の夜9時に出発し、まずは東北道にて北海道を目指しました。9月3日の朝、青森からフェリーに乗って札幌へ渡りました。それから、9月4日に北海道滝川市経由で富良野市へ行き、以後旭川市→留萌市と移動しました（留萌郡の小平町花岡の海岸線沿いで就寝）。

以後の行程は、次の通りです。（地名は当時のもの）

9月5日　羽幌町→ノシャップ岬（稚内市）→宗谷岬（同市）→クッチャロ湖（浜頓別町）

6日　クッチャロ湖→紋別市→層雲峡（上川町）→北見市遠軽（同級生宅泊）

7日　遠軽→サロマ湖（北見市、佐呂間町、湧別町）→網走刑務所（網走市）→屈斜路湖・川湯温泉（弟子屈町）〔高校の先生の教え子で、高校の先輩にあたる方の実家経営の旅館に宿泊〕

8日　川湯温泉→摩周湖（弟子屈町）→オシンコシンの滝（斜里町）→フレペの滝（斜里町）→ウトロ漁港（斜里町）→相泊漁港（羅臼町）→熊越の滝（羅臼町）→標津町→納沙布岬（根室市、根室半島突端）

9日　納沙布岬→摩周湖（弟子屈）→阿寒湖（釧路市）→釧路湿原展望台

10日　釧路湿原展望台→十勝川温泉（帯広市、ホテル大平原のモール温泉）→十勝花時計→グリーンパーク（帯広市、長いベンチ）→愛国駅（帯広市）→幸福駅（帯広市）→襟裳岬（えりも町）

11日　襟裳岬→室蘭市（高校の後輩と恩師の一人に再会）→居酒屋「拓郎」（室蘭市・現在は閉店）→室蘭市内旅館

12日　室蘭市内旅館→昭和新山（壮瞥町）→洞爺湖（壮瞥町、洞爺湖町）→支笏湖（千歳市）→札幌市内旅館

13日　札幌市内旅館→神威岬（積丹町、積丹半島突端）→沼前（積丹半島西側）→神恵内村（積丹半島西側）→函館市内旅館

14日　函館観光（観光バス）→立待岬（函館市）→青函フェリー

15日　青森→東京（同行の後輩を下ろし、下宿へ14時戻り、仮眠後、中央道諏訪SAへ向けて18時出発、一人旅開始、諏訪SAで仮眠）

16日　諏訪湖SA（国道153号、19号、147号、148号経由）→糸魚川市（新潟県）→親不知（糸魚川市）→中島町PA（石川県七尾市、国道249号沿い）

17日　中島町PA→内灘町（石川県）→金沢市（高校の同級生で親友のT君と会う）→卯辰山（金沢市）→銭湯（金沢市内大和湯）→南条SA（福井県南条郡）

18日　南条SA→天橋立（京都府宮津市）→鳥取砂丘（鳥取市）→倉吉市（旭湯で入浴。夕食は、味噌ラーメン、餃子）→大山町か名和町（鳥取県）の道端で就寝

19日　大山のふもと→美保関（松江市）→出雲大社→六日市町

20日　六日市町（島根県）↓錦帯橋（岩国市）（中国縦貫道、九州自動車道経由）↓母の実家

21日　福岡市内で昼食（高校同期生と後輩と会う）

22日　母の実家↓長崎（叔父の単身赴任先の社員寮に宿泊）

23日　大浦天主堂、平和像、眼鏡橋（長崎市）↓多比良港（雲仙市、フェリー乗船）↓長洲港（熊本県）↓熊本城↓市内銭湯（新町3丁目・新明湯、県道57号東進）↓阿蘇山手前15キロ地点で就寝

24日　阿蘇山手前農道（パトカー職務質問）↓阿蘇山頂（九州自動車道）↓鹿児島北IC↓西鹿児島駅（現在は鹿児島中央駅、武町散策、国道10号、220号経由）↓宮下港（桜島の南部）

25日　宮下港↓林芙美子文学碑↓佐多岬（国道269号、222号経由）↓日南市↓日向市（旭浴場で入浴、ラーメン「九龍」で夕食）↓松山町（延岡市）

26日　松山町（延岡市）↓中津駅、中津城（大分県中津市）↓別府港（フェリー乗船）↓松山市（愛媛県）↓宇和島市広見町（現・鬼北町）永野市

27日　広見町永野市〔381号、439号、197号、56号経由〕（国道381号と439号は崖を削って通した道。すれ違いが大変で、かなり疲れた。しかし、その苦労のかいがあり、四万

十川源流点を見ることができた。エメラルド色のきれいな湧水池の景色は決して忘れない）→旭駅（高知市、駅近くの日の出温泉で入浴）→室戸岬近辺（安芸市）

28日　室戸岬→鳴門海峡（鳴門市）→徳島港（徳島市、フェリー乗船）→和歌山港→椿温泉（和歌山県白浜町）手前で就寝

29日　椿温泉→那智の滝（和歌山県那智勝浦町、国道42号、23号、165号、伊勢道路久居IC、国道1号）→実家

30日　実家（国道1号、名神高速、北陸道、国道8号、北陸道）→米山SA（新潟県柏崎市）

10月1日　米山SA→最上峡芭蕉ライン発船場（山形県戸沢村）→湯沢市（秋田県湯沢市内の銭湯にて入浴）→横手市内（ディスカウントショップ駐車場）

2日　横手市内→田沢湖（秋田県仙北市、国道13号、105号）→八幡平（岩手県八幡平市、国道341号）→十和田湖（秋田県小坂町、国道282号、国道103号）→青森市内→東北自動車道津軽SA

3日　津軽SA→多賀城市（宮城県、友人と会う、JA保養所に宿泊）

4日　多賀城市→浦和市（埼玉県、友人宅に立ち寄り）→下宿へ

約1カ月間、車に乗って日本一周をしました。レンタカー代約18万円、高速代、ガソリン代、観光地入園料約10万円、毎日の食費約10万円（朝食：前日に買ったパン、ウーロン茶、野菜、マヨネーズ、昼食と夕食は外食〔1000円×2〕）、寝る前のビール500円、銭湯代300円で、一日約3000円）、記録用8ミリビデオ18万円で、総計約60万円かかりました。

自由に動けるのは今だけであり、せっかくなら自分の住む日本を見ておくことも悪くないと思い、実行しました。でも、よくやったものです。

旅行に行って感じたのは、日本は安全で平和な国、景色がきれいな国、親切な人が多い国、生活水準や衛生基準が高い国ということです。33日間の旅でしたが、25日間は車中泊（足を伸ばして寝たのは、函館の宿、札幌の後輩宅、北見の同級生の実家、自分の実家、母の実家、長崎に単身赴任中の叔父の会社の社員寮、多賀城のJA宿泊所の7日のみ）でした。

朝食は、食パンの上に前の日に買ったキュウリをのせ、それにマヨネーズを絞り、挟み込んで作るサンドウィッチです。昼と夜は訪れた町の食堂で食べました。夕方には銭湯のある町を探し、そこまで移動して入浴し、ビールとつまみを買い込んでから寝床となる場所を見つけ、落ち着いたらそこでビールを飲み、就寝です。トイレもいたるところのトイレを拝借しましたが、森林の広がるところでは申し訳ないのですが、自然環境のなかで用を足させてもらうこともありました。

高校が全寮制であったおかげで、旅行中に、何人かの同級生と学校関係の知り合いに会うこともできました。親や親せきに会うこともできました。それから、初めて会い、もう二度と会うことがないであろう大勢の方々とも楽しく会話をさせてもらい、必要な情報を教えてもらうなどして過ごすことができたことは非常にありがたいことでした。

この旅行は、人との出会いは「一期一会」であることを実感させてもらう旅となりました。

大学の友人は次々と就職先を決めていき、社会人として出発しているさ中の旅行です。ある意味私は、皆から遅れているということだけではなく、考え方によれば落伍者であったのです。そういうなかであっても、自分なりの生き方ができたのは、世間知らずで鈍感であっただけでなく、父親のDNAによるものであったのかもしれないと今では思います。父はプロテニスプレーヤーになりたいと思っていたようです。大学もテニスのセレクションで入学し、実績も残し、大学選手権で優勝したりしていたようです。たしかに、幼稚園の頃、父親のテニス大会の優勝メダルと知らず、それでコンクリート塀にお絵描きしたり、投げて遊んだりしていました。

その父は、テニスのプロテスト直前に急性盲腸で入院し、夢は断たれ、親せきが幹部であった建設会社にコネで入社したようです。父も、同級生の通常の就職の経路とは全く異質の道筋を辿っていたのです。

思い出作りはもう終わりです。これからはしっかりと就職先を決めなければなりません。さすがに真剣に取り組まなければならないことになります。

公務員試験の受験

旅行から戻った10月は旅の疲れをいやし、その後は、アルバイトと勉強の日々に戻りました。社会福祉分野の公務員試験（専門職試験）を受けることにした私は、昼間は図書館に行って勉強したり、福祉作業所にボランティアに行ったりして過ごし、夕方から夜の10時11時まで、時には夜中の2時までワープロを打つという毎日を送りました。

下宿、ボランティア先、仕事場間は、バイクで行き来していました。また、バイトしかない日は、健康を考え、また、帰りに電車やバスがなくなっても帰宅できるようにと自転車で移動することもありました。

1988年、お釈迦様と祖母（母親の母）の誕生日である、4月8日に大雪が降りました。もう4月なので、タクシーもタイヤチェーンを積んでいなかったのか早めに仕事を終えてしまったようで、電車のダイヤも乱れて、駅前はほとんど来ないタクシーを待つ客であふれることになりました。その日の夜は仕事が遅くまでかかる日であった上に、時間が遅くなるにつれて積雪量もかなりのものになり、車が通行できなくなるほどでした。そこで、覚悟を決めて、バイト先から下宿までの約6キロを歩いて帰りました。歩くのが好きでしたので、何回か歩いたことのあるその1時間15分のコースを、午前2時から約2時間かけて踏破しました。雪が30センチほど積もっていたので非常に歩きにくかったのを覚えています。また、それだけの積雪があったし、真夜中であったので、通る車は一台もなく、歩いている人も一人もおらず、環状道路沿いにあるオレンジ色の街灯が降りしきる雪を映し出し、非常に幻想的できれいであった映像が脳裏に残っています。片道2車線と中央分離帯を合わせた幅の白い大きな雪の川が、街の真ん中に横たわっていました。突如街中に現れたその静寂の世界は、私一人だけのものでした。

その年の夏に公務員試験を受け、一次試験に合格し、二次試験に臨んだ10名のうちの1名に入りました。当時それなりの立場にあった政治家に推薦をしていただきましたが、合格とはなりませんでした。

結局、就職先が決まらなかったため、次の年も公務員試験を受けるしかないという状況のまま、1989年の春を迎えました。

そんなわたしを不甲斐ないと思ったのか、高校の後輩が連絡をくれました。彼女は、大学の英文科を卒業後、社会福祉専門学校で福祉を学び直しました。きっかけは、知的な障害のあるお兄さんの存在であると本人から聞きました。そんな彼女が通う学校で、国の研究機関で働く先生が教鞭をふるっていらっしゃいました。そしてあるとき、教え子の前でおっしゃったようです。

「あなたたちの周りにいて、医療福祉の分野で仕事に就きたいと思っていながらもそれがかなっていない人がいたら、私のところにアルバイトに来るように言いなさい」

それは、アルバイトの要員を確保するためではなく、せっかくの思いや能力をくすぶらせるのはもったいないという思いからのようでした。それを聞いた彼女は、まっさきに、立派にくすぶっていたわたしのことを思い出して連絡をくれたのです。

「医療福祉分野に就きたいと思ってかなっていない人の話をきいてくれるというから、ぜひ行ってください」

本当にありがたいことです。彼女は、私の恩人です。

そこで、私はさっそく研究所に連絡を取り、出向くことにしました。そこで先生に面談の時間をいただき、しばらくアルバイトをさせてもらうことになりました。

ワープロのバイト先に事情を話し、仕事を研究所にシフトさせてもらうことにしました。

研究所でのアルバイトが始まったのは、１９８９年の5月、ゴールデンウイーク明けからでした。

研究所でのアルバイト開始

月曜日から金曜日の週5日間、研究所に通うことになりました。当時、研究所は総務省統計局のすぐ近くにありました。最寄り駅から徒歩で通いました。私の最初の仕事は、原稿をワープロで打つことでした。ワープロを打つことは慣れていたのでその仕事が回ってきたのです。

でも、その原稿の内容は今考えるとてつもなく重要なものでした。わたしがワープロを打っていたのは、１９８９年5月です。その原稿は、２０００年に施行された介護保険の制度概要に関するものでした。まだ、大枠であったとは思いますが、国が準備していた新しい保険制度の原案を何も知らずに私は文字にしていたのです。文字を打ち込みながら、「なんだ、これは?」と思いつつも、「そんなことがこれから起こるんだな」ぐらいにしか理解できなかったことを覚えています。

それは無理もなく、まだ、社会保険の仕組みについてもほとんど理解していない状態でアルバイトを開始していたので、中身を理解できるはずもなく、ただ文字入力を淡々と進めていたのでした。

また、この研究所には、日本全国の病院の医師、総婦長、事務長の研修コースが準備されており、台湾からも参加者がありました。健康保険制度の仕組みさえよく理解していない私ではありましたが、先生は事務長の研修コースのなかに組み込まれていた都内病院の見学に、私を雑用係として数カ所同行させてくださいました。

事務長クラスの研修での課題は、病院の組織編成のこと、収支のこと、人員確保のことと多岐にわたっていました。特に印象に残っているのは、改修工事、保守管理などの病院の建物の維持管理についてです。廊下を歩きながら上を見上げて、照明の老朽化について事務長さんたちが細かいことを含めて議論をしていたことは、新鮮であり驚きでもありました。

それから30年以上経って、当時の諸先輩と同じようなことを考えて毎日を過ごす仕事をしてきたことを考えると不思議な気がします。また、研究所での経験は非常に鮮明に覚えており、遅ればせながら、後に自分も当時の研修参加者の一人になれたような気がして、いまでも喜びが込み上げてくるほどです。この時期の様々な場面は、後の自分にとっての原風景ともなる、ありがたい出発点の記憶です。

私が医療福祉分野を志望した理由と、思う職に就けた経緯

私は大学では社会学を学びました。専攻は、社会心理です。高校3年のときに、人の思いが歴史をつくっていくことに興味を覚え、個人の心理に加えて大衆の心理という視点からも、これまでの歴史や今の社会情勢を理解したいと思いました。その視点を生かしながら、自分の関心を突き詰めていくことのできる仕事を探したところ、専攻とは違う社会福祉学という道だったのです。

そこで公務員の福祉専門職を募集している自治体の試験を受けるという選択をしたのでした。しかし、公務員試験を突破することができなかったので「はて、これからどうしたもんだか？」と考えあぐねていたところに、高校の後輩からの天の助けともいえる電話をもらったのでした。

しかし、ここからがまたありがたいことなのですが、研究所のK先生が、「ここでのアルバイトをしながら、あなたは何をやりたいのかを早いうちに見つけてください」という言葉をかけてくださっていたのです。そこで、研究所でのアルバイトでは求められる結果を出せるように、体調も管理しながら集中できるように努め、プライベートでは書店や図書館に出向き、関心の向く本を読み進めることにも力を注ぎました。そして、人の心の中と社会の双方へのアプローチが必要である医療ソーシャルワーカーという仕事のすばらしさにあらためて気づいたのです。

当時、わたしは医療ソーシャルワーカーが果たしている実際の役割について理解しきれてはいなかったことでしょう。でも、病気になって肉体的にも精神的にもつらさを抱える上に、入院費用などの経済的にもつらくなる人を支援できる仕事に強く引き付けられました。ただし、人の心にも専門的に寄り添いながらも、社会制度も熟知していなければうまく機能しない職種です。その実力が伴わないまま仕事を続けるとかえって相手の迷惑になるとも思いました。もし、ある時点で、この仕事をやるだけの技量や知識がないと自ら判断したら、人から言われる前に、自らこの業界から退場する覚悟がいるとも思いました。

ようやく自分の思いがどこに向かっているかを自覚できた、アルバイトを開始してから約2カ月過ぎた頃に、K先生から「あなたは何をやりたいのですか?」と尋ねていただきました。そしてその時に迷わず、「医療ソーシャルワーカーになりたいです」と答えました。

ようやく社会人となる

病院への就職

「医療ソーシャルワーカーになりたいです」と答えてから1週間も経たないうちに、病院を紹介していただくことになり、「一度見学に行くように」と先生に言われました。そして、7月であったと思いますが先方にうかがいました。駅からバスで30～40分かかるところで、かなり山の中でした。途中に私立高校があり、「ここまで通う高校生もいるのか」と驚きました。

病院では、事務長、婦長、理事長に時間を取っていただきました。27歳にもなっているのに就職もしていない身であったので、最初から、「採用してもらえるのならここで働こう」と思い、訪問しました。数日後、研究所に出勤した際に、先生にその旨を伝えにうかがいましたら、先生が「先方が、『8月1日から来てほしい』と言ってるぞ」とおっしゃいました。先立っての訪問は、見学ではなくて面接だったようなのです。

こういう流れで、わたしは病院に医療ソーシャルワーカーの見習いとして就職することが決まりました。

職場と住まいはけっこう離れていました。朝7時頃に部屋を出ていたのだと思います。しかし、それが毎日続くと大変なので、引っ越すことにしました。当時、職場のある市には大学がいくつも移転し、学園都市のような状況でしたので、家賃の相場も意外と高い状態でした。そこで、家賃の低いところに住もうと考え、さらに山寄りの町で部屋を探すことに決めました。

自分の住む町を映像で親に見せることに

引っ越したのは、1989年（平成元年）7月です。引っ越しをして自分の住む街のことを両親に伝えようと思ったさ中、静かな町のはずなのに、かなり低空を毎日ヘリコプターが飛び始めました。街中には新聞社の旗をはためかせた黒塗りの車も多く見かけるようになりました。この地で、後に日本中を驚愕させる連続幼女誘拐殺人事件の犯人が逮捕されたのです。

自分が住むことになった町が連日、ニュース映像としてテレビに流れるようになりました。「おかん、俺が住むことになった場所をテレビで伝えられることになったわ」「あんた、ややこしいところに引っ越したもんやね」こんな会話を交わしたことを覚えています。

今は近隣の町との併合で市になっていますが、当時は郡の一部でした。かなり山に近いので、天気予報も隣りの県の予報を参考にするほうがより正確でした。

夏場に窓を開けたまま野球のナイターをテレビで見ていると、「ピュロロロロロー ッ」という動物の鳴き声が聞こえていました。職場にいる人生の先輩の方々に尋ねると、それは鹿の声だそうです。確かに、野生の猿もいましたから、鹿がいてもおかしくないと妙に納得したものです。

野生のミョウガが自生していたり、タケノコもあっちこっちで生えたりしていましたし、山中の裏道を車で走っていると夏場は野生の蛍が飛んでいました。自然に囲まれた美しいところでした。

引っ越してしばらくは、電車通勤でした。電車通勤と言っても、山を越えて出勤するためのバスの運行便数が少なかったので、職場の送迎バスが寄る駅まで電車で移動したのです。その後、数カ月をかけて町の様子になじんでから車を購入することにしました。

上司の車（スカイラインのケンメリという結構有名な車）を時々借りて運転に慣れ、いすゞの「ジェミニ」を新車で買いました。当時、いすゞはまだ乗用車を製造販売していました。ヨーロッパで収録した、噴水の上を数台のジェミニが交錯するＣＭは当時話題になりました。

車を購入できたおかげで、送迎バスの時間を気にせずに仕事に打ち込めるようになり、行動範囲も広がりました。なんせ、山の中ですので、車のおかげで時間を気にすることなく、どこにでも行けるような気持ちで過ごしていました。もちろん、運転するときにはアルコールは摂取してはいけませんでしたが、今と違ってかなりアバウトな感覚であり、この頃は皆、「見つかったら罰金。アンラッキー」くらいな受け取り方であったと思います。今では考えられないことです。

社会人生活のスタート

病院には、1989年8月1日付で入職しました。8月初旬には院内盆踊り大会が予定されていたので、その準備にまず取りかかりました。運転手のIさんの指導の下、やぐらに提灯を渡したり、柱を飾り付けたり、よしずや紅白幕を取り付けたりして10日ほど過ごしました。この体を動かす仕事のおかげで、職場内の多くの人と何気なく何回も接することができ、職場に急速に溶け込むことができました。

それが終わると、今度は、院内の窓磨きです。それまでそういうことをやる人がいなかったし、そこに費用を回すこともできなかったようなので、その効果をより評価してもらえたと感じました。そして、職場に新しい人間が入ったことをよりはっきりと認識してもらうことになりました。

その期間を経て、いよいよ本業の医療ソーシャルワーカーの仕事です。その役割をそれまで、上司である事務長がやっていました。事務長は、もともとソーシャルワーカーをしていて事務長職もこなしているという優秀な人でしたが、入職当初から私にも同じようなことができるように求めていました。しかも、基本は「仕事は盗め」というスタンスでした。そのため、いろいろと考え、情報を集める手だてを工夫したりして良い訓練にはなりましたが、仕事を覚える効率は非常に悪かったように思います。

　最初の頃は座る席もなくて、女子更衣室となっていた畳部屋に折り畳み式テーブルを使って、あぐらをかいて仕事をしていました。まさしく、小学生の頃、家で夏休みの宿題をした時のスタイルです。そのうち、その部屋にスチール製の机が置かれました。着替える人がいるときには、その都度部屋を出ていました。また、自分のロッカーの設置場所は霊安室のなかでした。遺体を安置するストレッチャーの足側に置いてありました。朝晩の着替えのたびに霊安室に入っていたのですから、霊安室にいた時間を競うとしたら、日本の病院事務職経験者の中でもかなり上位にランクされると思います。

　しばらくして事務室内に座ることになり、ようやくまともな職業スタイルになったのですが、仕事は多岐にわたっていました。名目上は医療ソーシャルワーカーですが、朝晩の職員送迎の運転、週1回勤務の医師の隣県（約30キロ）までの送迎、蛇退治、スズメバチの巣除去、水槽タンクのフィルター詰まりの掃除、手書きレセプト作成、調剤補助、介護夜勤など、かなりの種類の仕事をこなしました。人のことをあまり丁寧に扱わない職場であったと思います。しかし、それらの仕事をしっかりこなすことにより、きちんと仕事をしている職場の人たちとは強い連帯意識で結ばれることになりました。加えて、気持ちのタフさも身につけることができました。

ここの仕事で学んだこと

運転業務

勤め先は、多摩地域にある有数のターミナル駅から10キロ以上離れたところにありました。そのため、看護師や介護業務の人手を集めるのには苦労をしていたようです。

その運転業務の一部も私は担っていました。夕方はまだいいですが、朝の便の迎えにいくためには、7時20分に病院を出発しなければなりません。自宅を7時に出るには6時半起床が必要です。この出勤に対しても手当てがなかったのですから驚きです。また、駅にはマイクロバスで行かなければなりませんので、社命で大型免許を取得することにもなりました。夜勤明けに教習に行かなければならいこともありました。仮免の試験も夜勤明けに行きましたので、けっこうきつかったです。「こんなコンディションで合格できるのだろうか」という不安感を抱えながら試験場に向かったことを、鮮明に覚えています。

もちろん、隣りの県への医師の迎えにも手当はありませんでした。しかし、その先生と奥様は温かい方で、何度かご自宅で夕飯を食べさせていただきました。確か、お子さんが3人いらっしゃったと思うのですが、ご家庭の夕食の団欒の中に私も居させてもらうこととなりました。この時間は非常に気持ちが休まるものであり、楽しかったです。本当にお世話になったと思います。

その先生は都心の病院で勤務を続けられ、地下鉄サリン事件の時にも多くの患者さんの対応を率先してされたことをテレビで拝見しました。お元気でいらっしゃるでしょうか。

介護の夜勤業務

私が入職したのは、1989年8月。職場となった病院は患者さんをベッドに縛り付ける、いわゆる抑制の問題に真剣に取り組んでいました。抑制なんかとんでもないという意識を共有して、日本中に広めようとして発足した専門医療の会に加盟しようとしていた時期だったと思います。この会への加盟病院が増えることにより、日本の高齢者医療のあるべき潮流をつくろうと、会は厚生省（現・厚生労働省）や損害保険会社とも協力し始めていました。

その動きの一環ですが、2000年から公的介護保険が実施されることに先立ち、大手保険会社が民間介護保険の発売を準備していました。のちに公的な介護保険が施行されることはまだ公表されていなかった状況であったと思いますが、それに備えるように話が進んでいました。

しかも、この民間保険には、おすすめの高齢者病院を紹介するという特約が用意されており、また、困ったときに看護師や社会福祉士に24時間電話で相談できるサービスが基本契約に含まれていました。そして、夜間の相談を受ける業務を保険会社が信頼のおける先に委託するというのです。その夜間対応の一部を、私の勤め先も受託するということになりました。

そこからが私の勤め先のすごいところです。「夜間、始終電話がかかってくるわけではないだろうから、夜勤の介護の仕事をしながら相談業務を受けることにしよう」と幹部は考えました。そこで、入社して3年ほど経ち、医療ソーシャルワーカーとして少しはましな仕事ができ始めるようになった頃、それに加えて私も介護の夜勤の業務もすることになりました。

夜勤時には13時に出勤し16時半までソーシャルワーカー業務、16時半〜翌朝9時半までは介護夜勤業務というスケジュールです。夜勤は4〜6回／月が標準でしたが、一時、月に8回入ったこともあります。介護の人手不足を補完する要員ともなったのです。

ヘルパーの講習を受けることはないまま、中堅の介護職員の先輩に指導してもらいました。シーツ、包布、枕カバーの交換、食事介助、排せつ介助、おむつ交換、入浴介助。すべてその先輩より、丁寧に教えてもらいました。その方の、職場の後輩となる私への接し方から、社会人としての基本姿勢を学ぶこともできました。このような先輩に巡り合えたことに対して大変感謝をしています。Oさん、あなたはそんなすてきなスタンスであったことを、ご自身でわかっていらっしゃったでしょうか。本当にお世話になりました。また、ありがとうございました。

夜勤に入ると、服薬介助の準備をします。飲み込みがうまくできない方用に葛湯を作ります。砂糖と片栗粉に少し水を加えてコップで溶かし、熱いお湯で固めます。いつも用意していたのは、葛湯というより葛もちに近い形状でした。患者さんの申し送りを受けて、さっそく夕食介助の準備です。車いすへの移乗、エプロンとお茶の準備、服薬介助、夕食介助を終えたら、ベッドに戻ってもらい、排せつ介助（おむつの交換）です。

日付がかわる前後に夜勤2回目の排せつ介助（おむつの交換）です。その後は巡視、仮眠を経て、朝5時から排せつ介助（おむつの交換）をし、車いすへの移乗、モーニングケア、エプロンとお茶の準備、服薬介助、朝食介助と続きます。そして晴れて9時半過ぎに業務終了です。

この夜勤は、実際にやってみないとわからないことを体験し、ふだんは見られないものを実際に見て、医学知識を中心に多くのことを学ぶこととなりました。夜の巡視中に、暗闇のなかでベッドの上の患者さんが呼吸をしているかどうかを、眠りを妨げずにどのようにキャッチしたらいいかについて当時の婦長に尋ねると、「暗くて見えないとしても、もし息をしていないとしたら生き物ではなく、物として感じるものだからそれを信じて」と教えてもらいました。

それだけで全てカバーできるわけではないですが、その感覚も体験することができました。ある日の夜中の巡回中、暗闇に眠っているはずの患者さんにふと違和感を覚えたので急いで駆け寄ると呼吸をしていませんでした。懐中電灯で少し開けたままの口の中を照らすと、いわゆる舌根沈下の状態で、舌が気道をきれいに塞いでいました。体はまだ温かく、偶然にも呼吸が止まってさほど時間が経っていなかったようなので、うつぶせにして軌道を確保しようと試み、大声で看護師を呼びました。幸か不幸か、その方は息を吹き返し、それから4～5日はご存命でした。

「ブジー」「ルート確保」など、看護師さんが毎朝している申し送りの際の用語の意味がより明確にわかるようになったのは、この時期の経験が大きく物を言っています。

また、入院患者の一人が居なくなったので探し回ったところ、本人さんの居室ではない部屋のカーテンの影に隠れているのを見つけたこと、また、夜勤中の早朝に居なくなった方がいて探したところ、病院横の広場を杖をつきながら周回しているのを発見したことも、その時は青くなりましたが、今となってはいい思い出です。

また、ある日の昼前、入院していたKさん（マスコミ関係の著名人のお母さん）が居なくなったというので探したところ、なかなか見つかりません。途方に暮れていたところ、近所のお宅から「農作業から帰ってきたら、見知らぬ高齢婦人が茶の間でお茶を飲んでいた。お宅の入院患者さんではないか」という電話が入りました。急いで駆け付けたところ、まさしくそれはKさんでした。そして、私を見るなり満面の笑みで「いらっしゃい」とおっしゃるので、そのお宅の方と一緒に大声で笑ってしまいました。その家の方のおおらかさ、Kさんが自由に行動できて楽しかったであろうことを含めて、病院の管理体制としては失敗ではありましたが、「ご本人さんはいい時間を過ごせたようだし、私も楽しかった。いい時間だった」と思いました。

アルツハイマー病の男性患者に、夜勤の巡回中に廊下で追いかけられたこともありました。また、私が30歳の頃、一回り位年上の、脳出血によって四肢麻痺になった女性患者さん。夜勤中、生理用ナプキンの交換を本人の了解をもらって実施しました。他県の障害者施設に入所したと聞いていますが、今もそこにいらっしゃるのでしょうか。

急に容体が変化して亡くなった方の息子さんが、朝5時半に袴姿で来院したことも思い出します。息子さんは有名大学文学部の教授でした。午前2時に亡くなった旨を連絡すると、午前5時頃に自宅から袴姿で現れました。「入浴をして、身を清めてから参りました」とおっしゃっていました。息子さんの親に対する敬意を感じると共に、日本の武士道を感じる場面でもありました。

また、夜勤の仕事は通常とは違う生活リズムの中で過ごします。そのことが精神的に、また体にどのような影響を与えるかを、身をもって知ることもできました。

その他、雑務

山のなかであったので、虫もいますし、ヘビもいます。タヌキもイタチもいます。マムシがいるからと言われ、ちり取りに入れて山に返したこともあります。当然、スズメバチも巣を作ります。竹竿の先にバルサンをつけて、煙を出した状態で巣に近づけ、ハチを一網打尽にします。最後に、巣を叩き落します。

また、木がいっぱいあるので、夏場はセミがたくさん鳴いています。特に、夜勤で山の中にある職場に泊まらないとわからなかったことですが、朝一番に鳴くセミはヒグラシなのです。決まって午前4時20~25分に遠くで一匹、「カナカナカナ」と鳴くと、それを合図に次の一匹がまた「カナカナカナ」と応えるように鳴き始めるのです。それが次のヒグラシにつながり、その後次々とバトンを渡していくように鳴き始めるのです。一番に鳴き始めるセミはこの近辺のリーダーなのでしょうか。これはヒグラシの習性なのかどうかはわかりませんが、決まってこういう連鎖が起こっていました。

山からの湧き水をポンプで水槽タンクに引き、水道代を節約していた加減で、水の中にどうしても枯れ葉等が紛れ込み、水槽タンクに落ちる手前の配管のフィルターに引っかかってしまいます。その結果、配管が詰まり、水が水槽タンクに落ちなくなり、タンクが空になると水道から水が出なくなります。「水道がでないからタンクを見てください」と夜中に何回、上司からの指示でタンクのフィルターの掃除にいったことでしょう。

やっていること自体も過酷ですが、評価もなく、それを当たり前のように指示する幹部に対しては、やはりいい気持ちはしませんでした。次へのステップとなるきっかけを見つけたら、そのときは正々堂々と転職をしようと考えるようになっていきました。

眼を見開かされる転機到来

1995年1月17日。朝の6時半過ぎ、突然電話がかかってきました。すぐさま出てみると、友達が「すぐテレビをつけろ。大変なことになってるぞ」というのです。テレビの画面には、高速道路が倒壊している場面が映し出されていました。寝起きの頭では何が起こっているのかがはっきりわからず、アナウンサーのコメントにただ耳を傾けているだけでした。しばらくして、「これはすごいことになった」とやっと理解でき、実家に電話をかけました。しかし、やはりつながりませんでした。

「非常時には、やっぱり無理か」

親への連絡はあきらめました。

その日、時間の経過と共に、その被害の甚大さが徐々にわかってきました。神戸市長田区で広い範囲で火災が起こり、建物が燃えるだけではなく、建物の下に残された救助前の多くの人たちの命も失われたことを知りました。私は幼い頃、4年間、兵庫県内に住んだことがあります。神戸の被災が人ごとには思えませんでした。「自分も何かできることをしなければいけない」という思いがだんだんと強くなりました。

しかし、阪神大震災時には、ボランティアを効率よく受け付け、必要なことをやってもらうような経験が国レベルでまだありませんでした。情報の収集や集約する経験も手順の準備もなく、本番を迎えたという状況であったようです。しかし、私も医療ソーシャルワーカーとしてできることをしたいと思い、日本医療福祉学会のボランティア募集に応募をすることにしました。学会員ではなかったのですが、この会を通じてのボランティアを許可していただいたのでした。

ボランティアに参加するには仕事を休まなければならなかったので、職場の上司に相談し、夜勤をしている関係で1月と2月は仕事を抜けられなかったので、3月にボランティアに行くことにしました。

神戸でのボランティア

医療ソーシャルワーカーとして5年半仕事をしてきました。精神科病棟もあった病院なので、精神科領域のソーシャルワークの経験も積むことができました。しかし、内科疾患の救急対応の知識もないと物足りないとも考え始めていました。そんなタイミングで、1995年1月17日を迎えたのです。

いよいよ神戸に赴くことになりました。行先は、JR六甲道駅近くの六甲小学校です。当時住んでいた住まいから、まずは車に荷物を積んで実家に帰りました。そこから電車で現場に向かいました。

3月16日。まずは、JR住吉駅まで行き、そこから約1・5キロ歩いて阪急電鉄御影駅まで行き、阪急電鉄に乗って六甲駅で降りました（六甲小学校でのソーシャルワーク活動テンポラリーマニュアルにて確認）。ミレー社製登山用リュックを担いで線路沿いを大勢の人と一緒に歩いたことを思い出しました。

小学校に着き、職員室らしき部屋のある校舎に入っていくと、避難者の相談を受け付ける場所があったので、そこにいらっしゃる方にソーシャルワーカーのボランティアの詰め所を教えてもらいました。詰め所は校舎を入ってすぐのところにある保健室でした。

もう25年以上前の話です。頭の中に残っていることは非常に少なくなっていたので、当時の活動記録を読み返してみました。自分が32歳の時に何をしていたかをあらためて確認でき、自分と再会できたような気持ちになりました。

六甲小学校には、3月16日から21日まで詰めました。活動は、（認定）特定非営利活動法人ＳＨＡＲＥ＝国際保健協力市民の会という民間団体（ＮＧＯ）の一員として行いました。ＳＨＡＲＥ所属の医師、看護師、ボランティアと行動を共にし、拠点は六甲小学校の保健室でした。午前中は、校舎入り口にある保健室横に長机を出し、その相談受付コーナーに座って相談者の方を待ちました。午後は、灘区医師会の医師がローテーションで来校し避難所内を巡回診療してくださるので、それに付き添い、避難所内の課題を拾い上げました。空いた時間には個別の面接を受けたり、倒れた方が救急搬送されるまでの段取りをとったりして過ごしました。16時以降は、保健室内でのミーティングや、ボランティアリーダー会議（食糧班、衣服班、生活班、機動班）、機動班の打ち合わせ会、住民代表者会議に参加し、日毎に変化する状況について協議をしました。

地震で家が倒壊した方々が、体育館、教室、あるいは廊下で寝泊まりをしていました。

当然のことながら、地震が発生するまではそれぞれの家庭の生活がそれぞれの閉じた空間内で完結していたのです。しかし、間仕切りが一気になくなり、何千という人が同居することになったのです。それが避難所という環境の実状なのです。

いろんなことが起こって当然です。配布されたお弁当をパックのまま丸ごと電源の入った炊飯器に入れて保温している人や、精神疾患治療中でずっと独り言を言っている人の対応もありました。また、風邪や持病で調子を崩す人の治療先の確保もしました。

ボランティア3日目のことですが、昼間から酒を飲んで大声を出していた人が運動場で倒れたと保健室に通報がありました。そこで、急いで現場に看護師と共に駆けつけました。脈は正常に打っているのですが、問いかけに全く反応しません。看護師も私もなんとなく怪しい雰囲気は察していたのですが、そのままにしておくこともできなかったのでやむを得ず救急車を要請しました。そして救急車のサイレンが大きくなり始めた頃、当人はスッと立ち上がり、おもむろに煙草に火をつけて吸い始めました。本人は病院にはいかないとはっきりと拒否したこともあり、救急隊員には引き取っていただくようお伝えしました。その救急隊の方々は、「このような事態のなかでも、こういうことはよくあるんですよ」

と笑って車に乗り込み、引き返されました。小学校内に設置されていた東灘区対策本部にも報告をしたところ、当人は六甲小学校の避難者ではなく、通りがかりに騒動を起こしたことが後でわかりました。

表向きには無駄骨と見えるのかもしれませんが、この出来事は医療対応のボランティアにとっても避難者にとっても非常に有意義な時間であったと思いました。つまり、ボランティアの医療対策班構成員が緊急時に連携をとって必要な動きが取れることを対策班構成員自体が確認できたこと、そういう体制が避難所内にあることを多くの人が目にして、避難している皆さんが安心できる事例になったこと、また関わりの薄かった東灘区対策本部との協働によりお互いがきちんと動いていることを確認できたことなど、大きなプラスをもたらしてくれました。

かなり重い病気を抱えている方も数多くいらっしゃいました。治療の継続をするために、家族の方はかなりエネルギーを使ったことでしょうし、本人様も含めて不安な毎日を過ごされていたと思います。混乱した時期でもありましたので、医療情報の伝達に関しての失敗もありました。肺がん治療中の方がいたのですが、ボランティア医療対策班には本人には告知済みであるという情報が伝えられていました。しかし、実はそうではなかったために、自分が肺がんであることを知った当人さんがショックを受けてしまったという事例がありました。以後は、家族の方や本人にも謝罪し、フォローするというケアが続けられたのでした。

ふだんにはないストレスもたまります。PTSDへの対策も必要であるという観点から、避難している方の中の希望者に週に1回「心のケアミーティング」というものが開催されました。住民の方、医師、看護師、ソーシャルワーカーが参加し、震災による精神的な苦痛に対応するきっかけにしようとするものでした。私が参加したミーティングでは深刻な話は出ず、皆で談笑して楽しい1時間となりました。しかし、このような場を継続していくことにより、心の奥底に潜む課題を本人や医療対策班がキャッチできることにつながるということを実感しました。

また、神戸ではうれしい出会いもありました。ボランティア時に一緒に活動させてもらっていたSHAREにN先生という女性の医師がいらっしゃいました。その方の配偶者も成人病センターで医師をやっているとお聞きしました。実は私の母が、昭和60年頃にその病院で乳がんの手術を受けていましたので、そのことを、昼食を食べながらN先生にお伝えしました。すると、次の日にN先生が「あなたのお母さんの主治医はうちの夫だったみたいよ」とニコニコしながら伝えてくれました。母は自分の胸のしこりを自分の触診で見つけ、細胞診を希望してかなり早期にがんが発見されたので、がん研究の題材として学会発表されたようなのです。学会に発表するために教授のほかに複数の医師が関わり、N先生がその統率をとっていたために覚えて下さっていたようなのです。

そういえば、入院時に母に面会に行った際、「再三若い医師が自分に会いに来てくれる」とうれしそうに話をしていたことをそのとき思い出し、合点がいきました（母は当時、おそらく49歳）。この世には不思議なご縁があるものだと感心しました。また、高校は全寮制であったため、ありがいことに日本中に友達がおり、神戸にも同級生S君が住んでいたのでボランティアに行くことを伝えていました。すると、その彼がひょっこりと六甲小学校を訪ねてくれました。そして、「神戸に来てくれて、ありがとう」という言葉をくれました。自分が神戸に来たのは、阪神高速道路が倒壊している映像を見て、「自分も住んでいた兵庫の街で大変なことが起きている。自分ができることを何かやらなければ」という思いで行動をしていただけであったので、その言葉をもらったことにより「自分も少しは役に立っているんだ」「来てよかった」と思わせてもらいました。彼とは、高校を卒業後に一度だけ会ったことがありましたが、それ以来、13年ぶりの再会でした。

衝撃的な出来事

六甲小学校に詰めて5日目の3月20日に、とんでもないことが起こりました。それは私にとってだけではない、世界中に配信された衝撃的な事件です。東京で地下鉄サリン事件が発生したのです。

午前8時過ぎに犯行が実行されたので、朝からテレビはこの事件のことで持ち切りでした。避難所の人たちにもいろんなルートから情報が入っていたようで、小学校内が朝からざわついていました。そして半日もしたとき、集会所にあったテレビを見ていた避難していた方が、「サリン事件が起こったら、テレビはそっくりそちらのことばっかりや。もう神戸のことは忘れてしもてる」と一言。

それまでは毎日毎日、被災地のことを詳細に何度も伝えていたマスコミが、物の見事にサリンのことしか伝えなくなったのです。報道とはそういうものとは思いながらも、私も切ない思いになったものです。

「おれら、置いてけぼりや」

そのときの心情を現す避難所の人の切なさをこめた言葉が、いまだに忘れられません。

神戸の経験で、次のステップへ

地震が発生する少し前から、「自分の仕事を全うしたい」と思うようになり、「そのためには居場所を変える必要がある」と思っていました。そのタイミングで、自分のしている仕事の大切さや面白さを神戸の地で再認識し、転職をすることを決断しました。

ボランティアから戻ってからは、仕事に集中するとともに、転職先を探すことにもエネルギーを割きました。そのようなわたしの動き方を受け容れ、支持して下さった先輩ソーシャルワーカーが転職先を紹介してくださいました。

現職場を辞めるにあたって、やめる決意をしてよかったと思うエピソードもありました。

また、いくつかの風景や思い出も頭をよぎりました。

●辞めるときに、「今の収入を多く見せたほうが次の職場の給料を交渉するときに有利になる。額を変えた給与明細をつくろうか」と言われましたが断りました。この申し出は、私の次の職場での収入が増えることを意図したのではなく、その時の職場の給料が低いことをよそに知らしめたくないという意図であったと思います。結局、最後の最後まで、わたしのことを大切にしてくれないところだとがっかりしました。

●院長室の窓の下に、山椒の木がありました。帰宅時にその葉っぱを摘んで帰り、水で洗った後にパンッと手のひらで叩いて冷ややっこにのせて食べたら、いい香りがしてビールの最高のおつまみになりました。

●夜勤の時に、自分に笑顔を向けてくれた、入院患者さんのK・Uさん、S・Kさん、Y・Iさん、認知症の症状が重度であったけれども年を重ねると人がどうなるかを見せてくれ、時には心をなごませてもらったY・Kさん、M・Aさん、N・Tさん、

O・Kさん、どうもありがとうございました。

やっとの思いでやりたい仕事にたどり着いたけれども、ソーシャルワーカーの仕事とはかけ離れた時間を積み重ねました。阪神淡路大震災をきっかけに、ソーシャルワークの技術・知識を深めようと決意しました。

初めての転職

転職のきっかけ

地域のソーシャルワーカーの集まりで、多くの人と知り合うことができました。当初、わからないことだらけであったけれども、ワーカー仲間に随分と助けてもらいました。制度のことなどでわからないことがあると当然自分でも調べますが、なかなか実状がつかめません。法令文の解釈だけではなく、役所に掛け合う際に話を通すためのテクニックなどについては、どうしても先輩たちの知恵を借りることが必要であったのです。そんなときに電話をして教えてもらいました。そういう時期は、「この人たちのために恩返しすることができる時期を迎えたら、できる限りのことをする」という思いで過ごしていました。

この地でお世話になった大学付属病院の先輩ソーシャルワーカーの紹介で、隣りの県にある二次救急の病院を紹介してもらいました。先輩が若い頃に一緒に働いていた先生が院長に就任するので、そこで先生を助けてあげてくれと言ってくださったのです。それまで勤めていた病院は精神科と介護力強化病棟であったので救急車の受け入れはなく、急性期の内科の対応をしたことがないので不安はありました。しかし、それこそステップアップのチャンスであったので、転職を決意しました。1996年1月15日から働く舞台がかわりました。

新しい職場での課題

転職する際には、実は、他にも大きな課題がありました。転職先のソーシャルワーカーの評判が非常に悪く、その噂が私の周りのソーシャルワーカー仲間にも知れ渡っていたのです。どうも、ソーシャルワーカーの役職者が入院相談を受けた際に、相談者からお金を受け取っていたようなのです。つまり、「転院を優先的に受け付けるかわりに、手数料を頂戴します」と、相談に来たご家族に言っていたらしいのです。そこで、ソーシャルワーカーの仲間は口をそろえて、「そんな怪しいところにわざわざ行かなくてもいい」と言いました。しかし、縁があって紹介してもらったところであるし、それだけ酷いことをやっているなかでは、普通にやっているだけで大きく評価されるという思いもあり、あまり気にしませんでした。

結局、私が入職したら、当人は1カ月もしないうちに退職してしまいました。噂通りのことをしていたかどうかの証拠をつかむ間もなく去ってしまったのです。

以前の勤務先とは違い、この病院には救急車が来ます。中には、建築現場でけがを負って運ばれてきたのに健康保険に加入していない人もやってきます。そのようなケースには、患者さんの職場や役所の担当部署に速やかに連絡をするという手順を踏み、さらに必要な手続きがないかどうかを確認するなどの動き方を学ばせてもらいました。

この職場でつかんだもの

この職場においても、わからないことはまだあまり関わりがなかった近隣のソーシャルワーカーさんなどに、私に経験がないことをありのままに伝えたうえで教えてもらいながら仕事を進めました。それは、目の前の患者さんに必要なことであったので気になることもなく、情報収集をしたい旨を相手に伝えることができました。結果的にその姿勢を受け入れてくれる外部の医療関係者が増えていくとともに、そのような動き方を見た内部の医者、看護婦、事務所の人たちが私のことを信用し、受け入れてくれました。周りの人が私のことを受け入れてくれる度合いがどんどん高くなることを肌で感じたことを、今でもしっかりと覚えています。

この入職当時の私の様子について、私と同じ年の経理担当職員であったNさんが、わたしがこの病院を退職する間際に教えてくれたことがあります。彼女は、「あなたが入職してきたときは、前のソーシャルワーカーと同じような人が来たのかと思った。でも、仕事をしている様子を見ていると全く違うことが日に日によくわかった。『そのままがんばれっ』て、応援したくなった」と言ってくれました。この言葉は、私にとって勲章をもらったのと同じくらいの価値のある、非常にうれしいものでした。

この病院には6年半勤めました。ここでも、いろんなことを経験させてもらうことができました。

●まだ、20歳代であるのに脳血管障害で片麻痺を負い、仕事をしなければならない人の援助。

●社会的地位の高かった夫が病気になり、子がいない妻は全てのことを自分で判断しなければならなくなったという不安をかかえきれなくなった。しかも、現役の時には頑張って仕事をした夫であるから個室（一日2万円）で過ごしてもらいたいと妻は思うものの、年間個室代だけで700万円を超えるので不安になった。「いつまで払い続けられるか」について悩んでいた方の援助。

●母親のことを大好きな60歳代の姉妹が、一日交代で見舞いに来ていた。そのお二人に対し、お母様が亡くなることもあることを前もってお話しした。お母様が亡くなってしまった場合のショックの軽減についての援助。

●近隣医大病院からの受け入れ患者の調整を私はしていたが、その医大病院の担当医は転院日調整が完了していないのに急に転院を強行した。そのため、わたしは病棟婦長からこっぴどく怒られることになった。医療ソーシャルワーカーとしての力量とは無関係なところでマイナスを背負い、すこし怖くなった。

●車いすでの移動なのに、昼間に近くの居酒屋に酒を買いに行って婦長から転院をいわれた生活保護の男性がいた。そこで、当人の希望も聴きながら転院先の調整をした。

その方が転院する日、私は休みであったので当人には前日に挨拶をしておいた。その彼は、転院する間際に、病院の売店でハイライトを2つ買って、私にわたすようにと売店の職員に言づけてくれていた。

●生活保護受給の女性の方が、わたしが事務当直をしていた日の夜中に亡くなった。ふだん面会に来たことを見たことがない息子に連絡をしたらやってきた。来るなり、「受給費の余りがあるのなら受け取りたい」と言うので、手続きを取って現金を渡した。すると、その息子は、ご遺体を置き去りにして、行方をくらました。

●これも生保受給者の方のエピソード。「時計が壊れたので修理をしてほしい」という本人のオーダーがあったので、大学卒業間もない部下に動いてもらった。すると、その時計は、実は300万円ほどする高級品で、しかも取扱店が日本国内にないということがわかった。結局、大手デパート内の時計店に協力をしてもらい、ヨーロッパまで送って修理をしてもらうことになった。修理に出して戻ってくるまでに約3カ月かかったが、費用は5～6万くらいであったのでほっとした。

●私が入院相談を受けて入院された高齢の女性が、夏ごろに亡くなった。その方の息子さんが、その年のみそかに、菓子折りを持って、「お世話になりました。ありがとうございました」とわざわざお礼を言いに来てくださった。非常にうれしく、ありがたいと思った。

●病棟看護師の双子の子どもさんのうちのおひとりが亡くなったことを耳にした。その看護師とはあまり話をしたことがなかった。葬儀を終えて戻ってきたときに声をかけようと思ったが、結局できなかったことをもどかしく思った。

●救急車の対応をする事務当直を月に1~2度したが、泊まった日の若い看護師が耳に注射針を刺してピアスの穴をあけ、針を刺したまま、夜の病棟で仕事をしているのを見て驚いた。

次なる転機

ここの病院でも、ソーシャルワーカーとしての実力を身につけるために、いろんな経験をさせてもらいました。しかし、毎日廊下で頭を抱えてじっとしている高齢の患者さんを見て、入院患者さんが毎日気が晴れるような時間を提供できればと考えたのが2回目の転職の大きなきっかけになりました。加えて、病院の経営状態を抜きにして、思うままに動く勤務医の対応に虚しさを感じたのも事実です。これは勤め先の病院に限ったことではありませんが、このために自分が擦り切れていくことは不本意であるという思いが日に日に濃くなっていきました。

2002年9月に、この病院を退職しました。病院では13歳年下の女性二人のソーシャルワーカーと仕事をしていました。二人は同じ大学の、しかもおなじゼミの学生でした。当初は、一人しか採用しないといわれていたのですが、面接をしたらどうしても二人とも採用してほしいと思い、事務長に掛け合いました。二人とも、困っている人の支えになることを自分の生きがいにすることができると感じたからです。特に、そのうちの一人は就職面接の際に、「私はただのコピー取りのような仕事をして給料をもらいたくない」と言い切りました。その様を見て、頼もしくもほほえましく、またうれしく思ったのです。すると、事務長もメリットを感じてくれたとみえて、理事長に掛け合ってくれることになりました。すると、図らずも、理事長が直に二人に面接をするということになりました。そして、ラッキーにも、晴れて二人とも入職することになったのです。

二人が非常に仲の良い友人であった場合、就職したあとに職場が思ったような場所でなかったら二人一緒に辞めてしまうというリスクも考えました。しかし、二人が入職した際のソーシャルワーカーの就職面接には10人の応募がありました。その一人ひとりに十分に面接を行っても、この二人とどうしても一緒に仕事をしたいと思ったのです。

その感覚は予想に反することなく、IさんとKさんの二人はまじめに、誠意をもって患者さんや家族に接し、非常に良い仕事をしました。のちにIさんは、看護師になることを決めて看護学校に通うために退職しましたが、きっとすてきな看護師になったと思います。

しばらくして、Kさんを残して私は退職をすることを決めました。彼女一人を残すことはつらいことでしたが、退職のことを前もって言っておかなければなりません。「話がある」と言って応接室に呼び出した時の緊張感はいまも忘れられません。部屋に入りしばらくして、意を決して、「退職することを決めた」と話をしたら、彼女は言いました。

「やっと決めましたか。なぜ、転職をしないのかと不思議に思っていました。私のことは大丈夫。きちんと自分で決めますから」

この言葉には驚いたのと同時に、私のことを気遣ってくれていることに対して、大変申し訳なく、また、ありがたいと思ったことが鮮明に記憶に残っています。

『結婚はしたほうがいいかも』から急展開

ちょうどこの病院に就職する前あたりからでしょうか、30歳くらいから、「私は結婚するんだろうか」ということを考えるようになりました。親や親せきから結婚について何かいわれたわけではありません。社会の常識が私にそう思わせたのでしょうか、いつの間にかそんなことを考えるようになりました。

転職を決めたすこし前から、「ずっと一緒にいられるのはこんなタイプの人なのかな」と思う人が身近にいて、なんとなく食事に行くようになったあと時々会うようになりました。仲良しカップルがべったりと引っ付いているのを見て「私は、これは望まないな」という感覚であったので、ちょうどいい感じの距離感をもって付き合える人でした。でも、結婚とは直接結びついた感覚はありませんでした。そんな時に、自分に向けた問いが、「一生ひとりでいるか、それとも家族ができたほうがいいか」というものになぜか変わっていきました。

その時期に思ったのは、「一人のままでは寂しいし、つまらない。だから、結婚はしたい。でも、武田鉄矢さんが『嫁さんと出会ったときに、頭の中でキンコンカンコンと教会の鐘がなった』と劇的な啓示を受けたというような話をしているのをラジオで聞いたことがあるけど、私にはそんなものがない。このまま結婚していいものだろうか」ということでした。しかも、「高校を卒業して以来15年以上一人暮らしをしてきている。一人暮らしに慣れてきているのに、今更人と同居することはできるだろうか」ということも同時に心配になりました。しかし、「今後、そのような理由で積極的に話を進めないままであると、もし運よく出会いが定期的にあったとしても、結局、結婚という状態を迎えることは生涯なくなる」とも思ったので、「結婚について初めて考え出した今が一つの契機だし、その時期に一緒に居るということが自分にとっては運命なのだから話を進めよう」ということに決めました。また、「二人でいると嫌なことも増えるかもしれないけれど、喜びは2倍以上になるかもしれない」という思いも、何を根拠にしたのか湧いてきました。

その思いの経緯を相手に話してみました。しかし、実家で両親とずっと暮らしてきた彼女は、家から離れることが考えられず、煮え切らないまま時間が過ぎました。でも不思議なもので、相手のそういう姿勢を見ると、こちらが懸命に説得するスタンスに変わっていったのです。「家に居たいからという理由でこのままの状態を続けると、いずれ寂しいことになるのは私たち生き物としての宿命。私と一緒に居よう」などと、なんでそこまで言うつもりになったのかわからないけれどもかなり攻めたことを言いました。そして、結局了解を得ることとなりました（なぜこうなったのでしょうか？）。

おまけに、「転職をして心機一転を計るタイミングに、結婚もして新たなスタートをきるのも悪くない」と思い立ち、転職後数カ月で新しい生活をスタートすることにしたのです。そんな急ごしらえの結婚準備でしたが、式は神社で両親、姉妹、お互いの友人2組ずつというメンバーで行い、披露宴も街中の飲食店で15人ほど入れる個室を利用して身内だけでお祝いしました。彼女も彼女の両親もその形式を快く受け入れてくれたのでそれが実現しました。そして、お互いの友人たちには、式の際の写真を印刷したはがきを送り、結婚の報告、挨拶としました。

2回目の転職

新しい展望を求めて

初めて転職をした直後から、近隣病院のソーシャルワーカーや福祉関係者や行政機関の人たちとのネットワークを築いて、患者さんにとって最適な選択ができる手助けをすることを目標にして努力を続けました。しかし、比較的元気な患者さんが手持無沙汰な感じで時間を過ごしている様子を見ていると、もっと違う人生の最終コーナーのあり方の手伝いをしたいと思うようになりました。ちょうどそのとき、以前勤めていた地域で知り合った人が、一般企業の設置する高齢者施設を立ち上げることになったと挨拶に来てくれました。「定期的に転院転所をしないでいい施設にしたい」「人生の締めくくりの時期を過ごす場所として選択してもらえる施設にしたい」というような理想があるといい、「そういう施設を立ち上げるにはどういうことをクリアしなければならないかを議論したい」「プロの集まる意見交換会を月に一度開催するので参加しないか」という誘いでした。私の勤めている周辺地域の情報（医療機関、福祉施設、利用者の状況等）もぜひ知りたい旨も伝えられました。純粋にそういう議論をプロの集まりの中でやりたいと思ったので参加することにしました。

彼の意図としては、その勉強会に集まった人のなかで趣旨に賛同してくれる人の転職を促したいという目論みがあることくらいはわかりました。しかし、自分が転職するかしないかということは全く考えずに、新しくたくさんの人と出会うことがとにかく楽しみでした。

毎回15～20名のメンバーが集まっていたように思います。その勉強会には、参加させたいと思う人を自由に誘っていい流れであったので、私自身がもしそこに転職するのなら一緒に働きたいと思った人物である、ＳさんとＭさんを誘いました。

勉強会の後は必ず、飲み会をしました。繰り返して会ううちに参加者たちとも気心が知れてきて、徐々に新しい職場を共に立ち上げたいと思うようになりました。

そのような経緯があり、私は高齢者施設開設準備室に入職し、施設の立ち上げの仕事を始めることにしました。

建物を建てている最中は工事の進行状況を時折確認しつつ、職員の確保や入所者の確保のために各方面に営業をかけたり、開設に必要な書類を作成したりする毎日でした。病院勤務であったそれまでの13年余に比べれば毎日はゆったりしたペースで流れ、就職してはじめてののんびり仕事をする経験をすることとなりました。

特筆すべきは、職員の募集については、今とかなり事情が違っていたことです。いまや介護職員は施設の種別に関わらずどこも職員不足で、人を集めるのに四苦八苦しています。しかし、２００2年当時は、高齢者施設開設の職員募集を折り込み広告に入れるだけで応募が１００名くらいありました。そして贅沢なことに、適性検査を応募者全員に受験してもらい、基準をクリアしている人だけを面接して採用を決定していました。入所の希望者もすぐに２００～３００名集まるような状況でした。

そして満を持して迎えた開所式には、運営する企業の社長や地域の市議会議長をはじめ、施工に関わった会社の社長までが参集しました。高齢者施設の開所であるのに浮世離れした感があったのは否めません。しかし、それは、時代背景や運営母体の影響によるものであることは誰しも認識していました。浮き足だつような雰囲気がなかったのは、集まった職員のレベルが高かった証しであると思います。

施設立ち上げをしたことのある友人は、「3年もすると経営は波に乗る」と言っていました。しかし、実際に運営が始まるとそうはいきませんでした。親会社から出向者が一人いるだけで、事務長がほぼ一切の決定を行い、法人が運営に対して指示をする仕組みは一切ありませんでした。私の立場からは、自由というより放任に見えました。建物の造りが特殊であったことも影響していますが、ベッド稼働率87％ほどを推移し、経営的には当初より薄氷の上を歩くような不安定なものでした。

組織内の異変

高齢者施策の改定などで、事務手続きや現場の体制の修正などを定期的に行うなかで時間は過ぎていきました。そして、親会社の薄いかかわりの中で、組織の内部は看護や介護の責任者が横暴な振る舞いをするようになり、職員が居着かなくなり、職員応募もなくなるという状況で苦境にたたされることになりました。当時の事務長は組織の立て直しなど一切しないどころか、当人の居場所もわからないようなありさまでした。それを法人が放置したままでした。

後に、事務長は異動になり、事務長職が私に回ってきました。「事務長の仕事の引継ぎをお願いしたい」と私が元事務長に申し出ると、市へ提出する事故報告書ファイルを手渡され、「事故報告書を市に送り、書面をこのファイルに保管するように。以上」という有様でした。「仕事をそれ以外していなかったということと同じ。役職者としてもひどい行動」と当時私は思いましたが、本当にそれ以外のことをしていなかったことが後になってはっきりわかり、時間が経ってからさらに驚くこととなりました。

ここから、私は事務方の責任者として何をすべきかを、一から自分で積み上げることになりました。幸いにも、毎月行われる高齢者施設の事務長の会合に出席させてもらい、その場で得られる情報と、そこで知り合った他施設の事務長との情報交換があったおかげで随分救われました。

しかし、事務職が充足しているわけでなく、事務長もプレーイングマネージャーとしてさまざまな雑用をこなしました。また、事務長という管理職は、都度起こることに対し即応することが肝心です。その上で、計画を立て時間をかけて体制などを変化させていくという仕事もあるし、年に何回か市に提出する書類の準備や職員充足などという仕事も間に入り、落ち着いて思案する時間があまりなかったので、毎日が不安でした。

このような組織体制のもとでは、ある意味先が見えてきます。新任事務長である私はまだ動き方がわかっていない上、組織内の決定権もうまく行使できていません。そんな中、看護や介護の責任者がそれまでどおりに、あるいはそれ以上に、非常識なやり方で部署を締め付けることになっていきます。

その傾向を事務方責任者としては阻止しなければならないため、看護・介護責任者から疎んじられながらも、もともと親会社より派遣されていた社員と協議しながら策を練りました。しかし、その社員は、「自分もすぐ居なくなるから、方策を継続できない」「下手に動いて、看護や介護の責任者が辞めたら、この施設が崩壊する」という姿勢であったので、事を動かすことは実際できませんでした。

そのような状態のまま時を重ねるしかなかったため、悔しいかな、事態はますます悪化の一途をたどるしかありませんでした。

●行事をすることが好きな介護責任者は利用者のためといいながら、人出が足りない中、個人的にやりたいという理由だけで月に1～2度の施設全体で行う行事を企画した。その準備と実施で、介護現場のみならず各部署に協力を要請（指示）し、その負担はますます増えていき、組織全体の不満が増幅した。

●介護職員が減ると介護部門の仕事がますますきつくなり、さらに介護職員が退職するという負のスパイラルに入り込んだ。そのような現状についての情報はインフォーマルなネットワークを通じて、当然ながら同分野の他事業所の従事者にも広がり、職員募集は途絶えた。内部の実状は派遣や紹介の会社にも伝わった。その結果、私の職場への企業からの職員斡旋が無くなっているという現状を、親しい派遣会社社員から伝え聞いた。

●看護職員が他の職員を「おまえ」と呼んだり、無視することも起こり、職場としての評価は地の底についた。

さらには、サービス付き高齢者住宅や有料老人ホームの増加に伴い、入所者の依頼もどんどん少なくなっていきました。利用者がいないということは収益が上がらないということとです。それは職員の給料が払えなくなるということにもつながります。職員応募はない、収益は低迷したまま。どうにも動きようがない状況でした。

私は看護介護部の刷新を親会社から出向している社員に要請しましたが、動きがないとはっきりした時点で、自分が毎日切ない思いで職場に通うことが意味のないことだと自覚しました。立ち上げに参加してから11年目の夏、転職をするしかないと考え始めました。改革をしようにも協力者がいないと事は動きません。悔しかったですが、「これ以上、自分の気持ちが無駄にすり減ることはやめる」「組織を去る」ということを決め、情報収集をし始めました。友人、知人のネットワークを活用して、いくつかの組織の情報などをかなり細部まで集めることができました。そして一つの法人の施設に見学を兼ねて面接にも行きました。

そのような準備をしていたけれども、思うような環境に巡り合えなかったため、「次はどういう手を打とうか」思案していたら、秋になり一つの転機が訪れました。それまで、複数の法人に分かれていた関連施設を1つの法人にまとめるという話が出てきたのです。物品などの一括大量購入などで、経費削減をすることに親会社がようやく手をつけたからなのでしょうか。とにかく、流れが変わってきました。

「やるべきことは自分にはもうない」といったんは覚悟を決めましたが、この組織の再編でこれまでの内部の膿を出して新たな組織として再生できるチャンスがあると考え、組織に残ることにしました。

この職場に転職した当初、利用者に喜ばれ、働いている職員にはこの施設の職員であることを誇りに思うような職場にしようという理想がありました。結果的に、それとはかけ離れたものになったことを後悔していましたが、その理想に近づけるチャンスが再びやってきたと正直思いました。

組織再編が決まったら、親会社がようやく実状を把握する動きを取り始めました。組織内の諸問題を解決するために必要な、ある程度の決定権をもった職員が本社から派遣されてきました。そして、移管に際して初めて行われたアクションは内部の実態調査でした。アンケートにより、看護介護の責任者が横暴な振る舞いで入所部門の職員にパワハラを日常的に犯しながら、しかも好き勝手に人を動かしていたことなどの実態が明らかになりました。

こういう事態になっても、看護介護の両責任者は平然としていました。結局、看護責任者は、反省をしたというのではなく、周りがうるさいことを言い始めたという理由で早めに退職しました。そしてやっと介護責任者がその後になって退職し、ようやくまともな組織づくりが始められることになりました。

しかし、これで全てがうまくいくということにはなりませんでした。ここからがまた大変だったのです。いったん変なしきたりが染み込んだ組織には、構成員がある程度変わったとしても、しきたりだけが亡霊のようにさまよい続けます。その事実を突き付けられながら、改革への道を歩む経験をすることとなりました。

これまでに変な形で固まってしまった組織体制を、大半が同じメンバーで一新することは非常に困難であることを、身をもって知りました。構成メンバーを一掃して最初からやり直せるのであれば、実はその方が早いのです。そうではない条件下で動くのですから、すっきり変化させることは難しかったのです。全国展開をしているような大規模な組織はメンバーを一気にかえることは可能でしょうが、中小の組織にはそれはできないのです。そこで、知らないうちに過去のしきたりに振り回されていることに気づくたびに、その都度お互いに注意をしあいながら前に進むというような作業が始まりました。

毎週、各部署の責任者が集まり、現状の報告と以後の課題の確認を行いました。特に介護部門の体制の変更には手を焼きました。それまでの介護責任者の個人的趣味に近い部下の使い方により、業務が行事中心であったことをまず修正することから始めました。

組織を顧みない幹部との対峙

介護責任者が組織全体を負のサイクルに引き込んだのは、組織がそれを制することをしなかったことがまず大きな原因です。その上で、組織を負のスパイラルに巻き込んだその役職者のスタンスについてまとめてみます。その大きな特徴は、①人が嫌がること（長時間勤務、当直）を引き受け、自分の存在価値を上げる、②「利用者のために行事を行い、喜んでいただく」という御旗を立て、利用者や家族を味方につけ、組織内の反論も出にくいようにしたというものです。これらの要素をうまく組み合わせて、自分の立ち位置を維持、強化していました。

事務当直という仕事は組織内で手分けしていましたが、介護の責任者は、ある時から、ひとりで月に15回ほどやるような動きを取りました。それを放置すると働き手の健康管理をしていないことにもなるので月5回までにするようにと、私が指示をしましたが従いませんでした。親会社等も「当人に任せていい」という判断でしたので、介護責任者は自分の思い通りの行動を通しました。

また、利用者のためというよりは自分がやりたいという理由で行事を多く組み、その準備のために多くの介護職員を動員し、自分も祭りで使う遊具類を木工で自作するなど、準備のために多くの時間と費用を費やしました。しかも、手の込んだ行事を次々と用意するので、介護職員の手間も半端でなく、夜勤者は夜勤中の仮眠時間を削って対応するようなことになりました。

私はこの流れを止めるべき立場でしたので、当人に対し、「組織を存続させるための社風をつくりあげる上で、あなたのあり方は間違っている。それはやめるように」と伝えた際、こう答えました。

「そんなことは知ったことではない。わたしはこの組織の立ち上げから参加しており、入職時に誘ってもらった幹部から『あなたの好きなようにやっていい』と言われている。許可ももらっているのだから、好きなようにやらせてもらう。組織が存続するとかしないとかというようなことは、自分には全く関係がない」

マイナスからの再出発

この状態からの修正であったので、新体制にするためにある程度の人の入れ替わりはやむなしとしていましたが、この介護責任者が自らの退職を決めた際、主任クラスの退職を押し進める動きに出ました。しかも、

「事務長はあなたのことを、『あの人は、この組織に必要ない』と親会社に言っている」と根も葉もない嘘を一人の主任に伝え、辞めさせようと仕向けるようなこともしました。私にはそんな力が働いていることはわかりませんでした。結局、その主任は私のことを恨んで退職していきました。数年後、その誤解は偶然解けて、再び一緒に働くことになりましたが、それまでの間、その主任は私のことを恨んだままであったのです。

結果からいいますと、私の勤め先は、そんなスタンスの人たちにコントロールされていたのです。つらい思いを長い間味わいましたが、人も入れ替わり、ようやく新たなスタートを切ることができることとなりました。

そんなタイミングで、不思議な体験をしました。秋口のある朝、私はいつものように職員階段を上がり、屋上の換気扇モーターやエアコン室外機の音に異常がないかを確かめに行きました。その際、職員階段に何かすっきりしない空気が充満していると感じ、屋上の鉄扉を開け放して空気の入れ替えをしました。

すると、そのとき、職員階段の下の方から上に向けて、ひと抱えくらいの太さの、薄い灰色の煙のようなものが帯状に吹き抜けていったように見えました。しかも、そのとき、生暖かい感触が顔の近くを通り過ぎたようにも感じました。これは、錯覚かもしれませんが、職場に充満していた邪気がそっくり外に出ていったように思え、「ようやくこの職場に、普通の日常が戻ってくる」と実感できました。

それから10年近くが過ぎました。無駄で、手間のかかることを経験しました。よく使われる「最初が肝心」という言葉の意味を思い知ることになりました。また、「組織の上意下達と下意上達は必要である。また、それがうまく機能するためには組織の編制がしっかりできていないとかなわない」ということを知りました。また、組織の構成やその中でのルールは、最初から整備されていないと混乱をきたすことになることも痛感しました。

そこで、もし転職するならば、新しく入ろうとする組織についてリサーチをしないといけないことも痛感しました。それを知る手立てはあまりないかもしれませんが、もし、そういうことを教えてもらうつてがあるとしたら、それをたどることも就職活動の大きな軸の一つにしてもいいのではないかと思いました。また、そのような視点が就職の時に必要であることを、自分の子供や後輩に伝えることも、先輩として自分のやるべきことではないかとも考えるようになりました。

理想の高齢者施設を作り出すことを夢見て、立ち上げから参加しました。「高齢者にとって『この施設があってよかった』という施設、また、仕事をする人にとって『この施設に勤められてよかった』と思う職場にする」ということを達成しようと当初、施設立ち上げに参加したメンバーと示し合わせました。しかし、結果的には、とんでもないことになってしまいました。入所者の方に対してはなんとか達成できたかもしれませんが、「理想の職場になる」という点では、目標から程遠い状態になってしまったのです。

少なくとも、理想の職場にするチャレンジが再度できることは心の救いであり、幸運でした。まだ、道半ばでしたので、最後まで自分のできることはやり通そうとあらためて思い直したのでした。

東日本大震災の衝撃

２０１１年3月11日午後2時46分頃、職場に居た私は、これまで経験したことのない大きな揺れを感じました。船に乗っていて、波によって大きく上下に揺れているように感じました。しかもその揺れは、かなり長い時間続きました。

震度5以上の揺れになると、建物内のエレベーターは自動停止する仕組みです。いつもならある程度の時間がたてば自動復旧していましたが、この日はロックされたまま自動復旧はなりませんでした。

テレビをつけてみると、宮城沖で大きな地震が発生したことがわかりました。そして、時間が経てば経つほど、その被害がとてつもなく大きいことがよくわかりました。津波が海岸線を越えて内陸に進んでいく様を映像で目にしましたが、その場で人の命が奪われているかもしれないことが想像でき、見るに堪えないものでした。

地震当日はエレベーターが動かないままでしたので、施設入所者の夕食を職員全員で手渡しをして運びました。下膳時もお盆の上に食器を重ねて、みんなで運びました。この状態が数日続くことになります。

以後、食事の提供だけでなく、計画停電への対応など、その準備や対策を立てることにエネルギーを注ぐことになりました。

地震が自分に与えた影響

しばらくすると、原子力発電所も被害を受けていることが報道されました。放射能が漏れ、近隣住民が危険にさらされ、緊急避難しないといけない状況でした。しかも、放射能は空気中に拡散するものですから、その被害はさらに広範囲に及びます。人ごとではありません。

また、時間が経つにつれて、自分の知っている人が亡くなったこともわかりました。高校の後輩が宮城県女川で命を落としたのです。彼には、学生時代に迷惑をかけてしまっています。

学生時代に、泊りがけで行った同窓生の集まりから戻った朝、バイク談義に花を咲かせた勢いでお互いのバイクを交換し、乗り心地を楽しんでいたところ、私は公園内で彼の乗っていたバイクで転倒し、頭を強打して入院することになったのです。もちろん、バイクの修理代は支払いましたが、彼には不必要な負担をかけてしまい、本当に申し訳ないと思いました。当然ながら、当時も謝罪をしましたが、大人になって会って、あらためて謝りたいと思っていました。それが、地震によって彼の命が奪われ、私は彼に謝罪できないことになってしまいました。

彼はなんと思っていたかはもう確認のしようがありません。学生時代から20年以上も経ってしまっていたので、当時しっかりと謝ったかどうかを覚えていないこともあり、あらためて伝えたいと思っていたのでした。

突然の地震により、私がいずれやろうとしていたことは一生できなくなってしまいました。そのことに対する釈然としない思いと、東北のために同じ国に住む人間として何かできないかと思い続け、1年も経ってしまったのですが、現地、女川に行ってお酒を供えて手を合わせようと考えました。

東北への旅

女川に行くことを決めた際、盛岡と郡山に居る友人にも会おうと思い立ち、3日間で宮城・南相馬市→盛岡→女川→郡山という予定で移動しました。２０１２年4月20日～22日のことです。

この旅に出ることを決め、旅支度を始めた4月15日の朝日新聞に、私にとって興味深い記事が掲載されました。それは、福島県南相馬市の「相馬野馬追」に参加する馬たちが、避難していた北海道日高町から故郷に戻るという記事でした。その記事内に、わたしがかつて応援していた、日本中央競馬会に所属していたグラスワールドという馬の名を見つけたのです。

グラスワールドと私の出会いは、高齢者施設への転職前である2001年2月3日の府中競馬場のパドックでした。その年の1月に、私は従事する業界の国家資格試験を受験しました。それを終え自分へのご褒美として、府中競馬場に出向き、競馬を楽しんだ日に出会ったのです。

パドックでグラスワールドを見た瞬間に、かわいい目にくぎ付けでした。しかも、グラスワールドも私の方をじっと見ていたように感じ、それ以来、出走するレースの結果は全て確認しました。しかし、引退後はどこにいるのかがわからなくなってしまったので、新聞で居場所がわかったことによって「会いに行くしかない」という思いになりました。しかも、私がまさに向かおうとしていた東北にいたのです。

さっそく、記事内に記載されていた南相馬市の観光協会に電話し、グラスワールドのいる厩舎を探しました。新聞に記事が出ていたことを伝えたのですが、観光協会の方は記事が掲載されたことをあまり認識していませんでした。しかし、担当してくださった方が厩舎の場所を調べて連絡をして下さるということになりました。

数日後、私の携帯電話に連絡が入りました。電話を取ってみますと、なんと、グラスワールドの厩舎を営むSさんが直接電話をくださったのです。電話をしていただいたことに対してお礼を述べ、「4月20日に南相馬に行ってグラスワールドに会いたいがそれは可能かどうか」という旨をお伝えしたら、「ぜひ来て下さい」と快く受け入れて下さいました。

東日本大震災に対して自分に何ができるかを考え始めるためのきっかけになる旅に、自分にとって大きなプレゼントをもらった気分でした。

いよいよ東北へ

東北への旅の行程は、以下の通りです。

4月20日（グラスワールドの厩舎経由で、盛岡へ）

自宅↓新宿↓池袋↓赤羽↓大宮↓仙台↓亘理↓相馬（バス）↓鹿島↓厩舎（タクシー・乗った車のナンバーが自分の誕生日と同じ）↓鹿島↓相馬↓亘理↓仙台↓盛岡

21日（盛岡から女川へ）

盛岡↓古川↓小牛田↓渡波↓女川↓石巻↓仙台

22日（仙台↓帰宅）

仙台↓郡山↓三春（滝桜）↓郡山↓自宅

盛岡では、多摩地域の病院でソーシャルワーカーをしていた時に知り合った友人と再会しました。ユーミンも来たという居酒屋「綱玄」で会食しました。石巻では、幼馴染でもあり、この地に仕事でたまたま赴任していた高校の後輩に会い、郡山では以前ソーシャルワーカーとして知り合った友人に会いました。

東北に行き、地震に負けじという気概を持って、しかもそんなそぶりを見せずにひたすら努力している人たちを見て、私が元気づけられました。しかし、1回や2回の旅行だけでなく、長い目で東北と関わりを持たないといけないと思うところもあり、旅を終えてから「東北のために何ができるか」について具体的に何をするかを決めることを誓って自宅に戻りました。

社会人サッカーチーム『コバルトーレ女川』との出会い

東北の旅行から戻り、「わたしは東北のために何をしようか」と考える毎日を送りました。時々旅行に行き、旅先で宿泊し、お土産を買うだけでも多少は東北のためになるわけですが、もう少し深く関わる方法はないかということを考えたのです。

そういうタイミングで、女川の社会人サッカーチーム「コバルトーレ女川」のメンバーが、山間部に住む高齢者宅に行政が配布する物資を走って届けるというドキュメンタリーをテレビで見ることになりました。

「こんな非常時にサッカーなんてやっていられない。でも、自分たちにはサッカーしかない」その思いが、トレーニング代わりに、走って物資を運ぶことを選択させたのです。

そのような若い人たちの思いと、それを支えている周りの人たちの心意気に感動し、わたしもこのチームを応援することから始めようと思い立ちました。さっそくホームページにアクセスし、チームの事務局に連絡を取り、試合を見に行くことを計画しました。

さらに、そのときに、「私はサッカーのことをあまりよく知らない。住んでいる街に運よくJリーグのチームがある。ここにボランティアに行って、サッカーのこと、サッカークラブの運営のことを学ぼう」という思いになりました。そう思ったタイミングで、即そのチームのホームページにアクセスしたところ、ボランティアの募集をしていたのですぐさま申し込みました。

コバルトーレの応援も、年に1回ずつ行くことにしていて、岩手や宮城にこれまでも何回か行きました。今22歳の次男が小学校6年の時には、岩手まで一緒に行きました。コバルトーレとの関係は、これからさらに強くしていきたいと思います。

父の突然の死

挨拶なしでの父との別れ

２０１９年5月のことです。ちょうど、応援しているサッカーチームを友人と観戦しに出かけた日曜日のことでした。その日は母の日であったので、応援から戻った夜の8時頃に実家に電話をしました。しかし、電話には誰も出ませんでした。そんな時間ですから、高齢者二人が外出していることは通常ありません。その後も何回か電話をかけましたがつながりません。少し嫌な気もしましたが、それまでも高齢者の集まりで泊りがけのバスツアーに行ったりしていたこともあるので、その時はやり過ごしました。

すると、次の日の朝6時過ぎに、母親から電話がありました。「お父さんが、倒れた」と伝えられました。「主治医が病状について説明をしたいと言っている。早く来てほしい」というのです。その流れからして、父の状態は思わしくないことがすぐにわかりました。週明けのその日は、仕事の上での大きな額の請求を上げる日でしたので、その処理だけはして、すぐさま新幹線で実家に向かいました。

病院に駆けつけると、母親と父の妹が病院で待ってくれていました。あらためて主治医の先生から、父の容態について病状説明を受けました。先生はコンピューターを使って、3Dで体の様子を表示してくれました。丁寧に、わかりやすく説明をしてくださいました。やはり、容体は深刻で、左の首の根元の血管が血栓で詰まり、左の脳はほぼ回復しないであろうという状態でした。時間が経つうちに脳が腫れてきて、脳内の圧が高くなるようです。それを放置すると、呼吸の中枢も圧迫されて命にかかわるので、一時的に頭蓋骨を切断して外し、圧がかかることを回避する方法があるとの説明を主治医より伝えられました。

しかし、脳の腫れが引いて頭蓋骨を元に戻しても、父の意識は戻らないというのが主治医の見立てでした。命を長らえても、いわゆる植物状態となるしかないようでした。

私は病院で15年ほど医療ソーシャルワーカー業務をしていたため、以前から両親に、「意識がなくなって植物状態になったときに、体に管をいっぱいつけたまま生きていたいか」ということを言葉で確認していました。父は「そんな状態じゃ生きていても意味がない。それは望まない」とはっきりと言っていました。そこで、私も、つらいところですが、特別なことはしないことを選択したいと考えました。

ただ、母の気持ちも確認しないといけません。母がどういう選択をしようと、その意思もくむつもりで確認すると、意外に早いタイミングで、「このまま生きていても、お父さんはうれしいとは思わないね。あんたが確認してたのも、こういう時のためだったんやね。このまま、様子をみよう」と言いました。

私は母の気持ちが変わるかもしれないことも含めて、時間の経過の中で、その都度判断していくことを覚悟しました。しかし、母が現状を把握し意外に早く決断し、その後考えにぶれがなかったことには驚きました。

私が病状説明を受けた次の日から、母と毎日、ＩＣＵに面会に向かいました。そして、5日目の面会を終え、自宅に戻った直後、父は息を引き取りました。

面会に行くたびに手を握り、「お父さん、お母さんと一緒に見舞いに来たよ」と声をかけました。声をかけるたびに脈拍が増えていたのは私たち二人が来たことを認識してくれていたからでしょうか。でも、日に日にその手は冷たくなっていくのを感じたことは切なかったです。亡くなる少し前の冷たくなってきた手の感触は、今もこの両手にしっかりと残っています。

父を荼毘《だび》に付す日、斎場でストレッチャーに横たわっている父の姿を見た時に、悲しさ以上に、あらためて「人は死ぬものなんだ」「やりたいことがあるのなら、生きているうちにやっておかないとあの世で後悔するな」ということがストンと腹に落ちました。

これは父から私への、最後ではありますが非常に大きなプレゼントだなと感じました。

お父さん、ありがとう。

一人暮らしの母親のこと

父の死により、84歳の母が遠く離れて一人で暮らすことになりました。なんとか一人暮らしはできるだろうとは思いながらも、年相応の認知症様症状があるため、毎月1回実家に帰ることにしました。コロナ禍の最中も、非常事態宣言下での移動は避けましたが、可能な限り帰ることにしました。

何とか一人で生活はできるようではありましたが、冷蔵庫の中を見ると同じものを日を空けずに買ってきていました。そして、冷蔵庫の奥の方には、カビの生えた揚げ物やらカラカラに乾ききった納豆のパッケージなどが押し込まれていました。野菜室は、上から大根やキャベツなどの重い野菜を積んでいくので、下の方で薬物やトマトがつぶれて、底の方に特製の野菜ジュースがたまっていました。

また、実家には開かずの間が2つもありました。それは以前から気にしていたのですけれども、父に言っても「お母さんが整理するから、任せたらいい」と言うので、手出しができなかった部屋です。結局、父の死後に、帰省するたびに、まずは冷蔵庫内の整理をし、その後は家中の掃除と開かずの間の片付けをすることになりました。

開かずの間には、両親が以前着ていた衣服、頂き物の寝具（タオルケット、シーツ類）、それからデパートの紙袋に詰め込まれたレジ袋などが積み重なっていました。10年以上前にお中元でもらったサラダ油なども発掘しました。今の家にたどり着くまえには転勤が多かったこともあり、何十年も前の段ボール箱のいくつかはほとんど空けられないまま放置されていたので、一つ一つ中身を確認して不要な物は廃棄することにしました。燃える物、燃えない物の回収日に、大きな半透明のゴミ袋を10袋ほど捨てることをそれぞれ4～5回繰り返して、何とか人が寝泊まりできる部屋を1つ確保しました。そういう状況であったので、帰省のたびにすぐ近くにあるドラッグストアに洗剤や掃除道具を買いに行くようになり、今や携帯電話にアプリを入れて、スマホ割引会員にもなりました。

もう一つの部屋は、日用雑貨のストックと、ハンガーに掛けられたコートやジャンパー、それからカーディガンやシャツが収納された部屋になっていました。そこにも中に何が入っているのかがわからない箱がいくつもありました。引き戸型の押し入れの前に荷物が積み上がっていたので、引き戸を開けることさえできませんでした。そして、ようやく、引き戸を開けるところまでこぎつけて中を見てみましたら、私が小中学校に通っていた頃の物が詰まっていました。小学校5年6年の時の担任の先生と父兄の連絡帳、縦笛、中学進学の時に買ってもらった顕微鏡、中学の時の生徒手帳（3学年分）、中学高校の時に読んでいた本などです。

40年以上経過していますが、身近にあった物なので愛着のある物ばかりでした。しかし、全てを保管しているわけにもいかないので、残すものは残す、捨てるものは捨てるとはっきり分けて作業を続けました。まだ、この部屋は作業続行中の状態です。昭和37年に購入したブラザー社の足踏み式ミシンも置いてあり、どう処理しようかを考え中です。

新型コロナウイルスのまん延

父の急逝後、半年ほどしたら新型コロナウイルスが広がりだし、感染予防のために実家に行く回数を抑えることになりました。親子間の感染を予防することにもなりますし、国からの行動制限要請の影響でもあります。半年ほど帰省できないこともありましたが、介護保険制度が整備されているおかげで、ケアマネージャーさんや訪問看護師さんが時々自宅に行ってくれていましたので、不安はかなり解消されました。

地球規模の感染症まん延により、人は街に出なくなりました。テレワークというこれまで普及していなかった手法で仕事をする風潮となり、飲食店に出入りする人の流れも少なくなり、街は大きく様変わりしました。世界的にも人気の高い観光地である私の帰省地さえも、外国からの観光客はほぼ見当たらず、玄関口となる駅の改札を出たすぐのコンコースでさえ、昼間であるのに終電間近の郊外の駅と見分けがつかないくらいの人しか視界に入らない情景も目にしました。

移動中の新幹線は、2020年2月から2年ほど、いつも1つの車両に10～20名ほどしか乗っていない状態が続きました。ゆったり乗れるというメリットはありました。しかし、このまま日本の経済はどうなってしまうのだろうかと不安になりました。

従事している仕事は高齢者に関わる分野であるので、感染予防対策の実行、感染者の対応などにエネルギーを注ぐことになりました。感染拡大を防ぐために同僚の体調変化に伴う勤務変更や調整、そして、マスク、プラスチックグローブ、アルコールなどの確保に注力しました。その実現のために、サプライチェーンに関する情勢の把握も怠りませんでした。中国の主要都市のロックダウンや、東南アジア諸国の感染状況により、品物が手に入らないことも経験したので、情報入手、早めの判断と購入という姿勢が身につきました。

プライベートでは、タイで感染が拡大した影響でコンビニの焼鳥が品薄になるということも目の当たりにしました。映像や雑誌でそのようなことが起こる仕組みについての知識はありましたが、これまでそれを肌で感じることはありませんでした。

これからの私

そうこうするうちに、定年退職をする時期を迎えました。これまでやってきた仕事はすっぱり辞めて、しばらくは、図書館に通い、読みたかった本を読破したいと考えています。

並行して、仕事も探します。次は、街の緑を整備する仕事をしたいです。歩道の植え込みを整える仕事でもいいのですが、できるならば竹林整備を手掛けたいです。趣味でジョッギングをしますが、いくら私有地とはいえ、竹林が荒れたままになっているのを見るのが切ないと思ってきました。もし、整備の助成金があるのならそれを基に手をつける動きがないかも確認したいと思っています。

それがかなわなくても、草払いとチェーンソーの使い手のプロになるように経験を積んでいきたいと考えています。体力がもつ限りはそれにチャンレンジし、できなくなったら、ゆくゆくは、レレレのおじさんのように一日竹ぼうきで掃除をしていることが今の目標です。

「お出かけですか」「いってらっしゃい」「気をつけてね」「お元気ですか」

ご近所の方や子供たちに声をかけ、町の治安維持に少しでも貢献できるような存在になりたいです。

あとがき

もし、自分が資産家の家に生まれ、ろくに働かないで生きていけるような境遇であったら、これまでのような経験を積むことはできませんでした。それを考えると、「ふつうのサラリーマンの家に生まれてよかった」と、今心の底から思います。

気が向かなくても、きつくても、切なくても、仕事に行かなければご飯を食べていけない状況により、苦しいながらも一歩前に進むことを積み重ねてきました。楽しくて、もっと先を見たくてどんどん前に進みたくなったこともちろんありましたが、「やらなくてはならない」という気持ちが毎日、大前提となっていました。

結果的に、そうであるからこそいろんなことを経験させてもらい、多くの人と出会うことができました。長く付き合いたい人と出会うことができた反面、もう会いたくない人との出会いにより、自分も試され、磨かれてきたとも思います。

そう考えると、これまで順調ではないものの、懸命に生きてきたことは無駄ではなかったと思えますし、こういう人生で良かったと思います。遠い先祖に感謝、一番近い先祖である両親に感謝、家族や自分の周りにいてくれている皆に感謝です。

「人生は筋書きのないドラマ」とは本当にそうであると思います。だからこそ不安になるのでしょうが、自分だけの生き方をしていき、自分だけの展開を経験できるという点に注目して、生きることを味わい、そして楽しみたいです。生まれた国や時代によっては、そんなのん気なことを言っていられないでしょうが、そういうことを考えていられるだけでも私はラッキーです。

「自分だけにしか歩めない人生を、自分で形作る」ということをあらためて確認し、「一隅を照らす」「初心、忘れるべからず」を座右の銘として心に刻み、これからの時間も有意義に過ごします。

それから、ここまで、「自分にはふるさとがないけれども、それに近い所はどこだろう」とも思いながら、文章をつづってきました。

わたしはこれまで、ふるさととは、自分が生まれ育った土地のことだと捉えていたので、生まれてからいろんな土地に移り住んだ自分にはふるさとがないと思ってきた節がありま す。運悪く、ふるさとを持つチャンスを逃がしてしまい、それを決して取り返すことができないと思ってきたのです。

でも、それは間違っていました。自分がそこにいて、時間を過ごしたところで、そこでしか会えなかった人と出会い、会話をし、その場にいなければ得られないエピソードを刻み、そしてその土地の景色の記憶もしっかりと脳裏に焼き付いています。その一つ一つの場所に、しっかりと私の記憶の足跡が焼き付いていることが確認できました。

関わりのあったすべての場所が私のかけがえのないふるさとであったのです。構えて考えないで、素直に感謝すべきことであったと今思うのです。このことに、もっと早く気づけていたらよかったと思います。

でも、欲をいうならば、もう少し確証がほしいのです。

「ぼくのこと、覚えてますか?」

そんなことを、みんなに伝えてみたいのです。

〈著者紹介〉
竹山 悟（たけやま さとる）
幼い頃に引っ越しを数回経験。幼稚園3か所、小学校2か所で幼少期を過ごす。この時期に、人と別れることの切なさと人と心を通わせることのうれしさを強く感じ、その経験が成人してからの職業選択に大きく影響。医療ソーシャルワーカーを経て高齢者施設事務職を務め、定年退職を迎える。

JASRAC出 2302407-301

ぼくのこと、覚《おぼ》えてますか

2023年11月1日　第1刷発行

著　者　竹山 悟
発行人　久保田貴幸

発行元　株式会社 幻冬舎メディアコンサルティング
〒151-0051　東京都渋谷区千駄ヶ谷4-9-7
電話　03-5411-6440（編集）

発売元　株式会社 幻冬舎
〒151-0051　東京都渋谷区千駄ヶ谷4-9-7
電話　03-5411-6222（営業）

印刷・製本　中央精版印刷株式会社
装　丁　野口 萌

検印廃止

Printed in Japan
ISBN 978-4-344-94535-7 C0095
幻冬舎メディアコンサルティングＨＰ
https://www.gentosha-mc.com/